Fly You To My Heart

給我一本書的朋友

何里玉

目錄：

第一章：靈魂相遇

喪禮上，眾人對凌雲表示哀悼。

凌雲靈魂出竅，站在眾人後面，強忍淚水：「原來企係呢度可以睇得咁清楚。」

凌雲行近朋友們，她們哭成淚人：「Heidi，Michelle，Sean，龍仔，辛苦晒妳地，幫我打理好晒啲嘢。多謝妳地咁錫我……真係幫我打造個粉紅色墓碑！好靚好感動。唔好喊啦！妳地咁喊法搞到我都想喊喇！」

凌雲數著數著，感觸良多：「竟然？最好既朋友 Maggie 係呢個時候方嚟到……連 Bowie 都有嚟，但妳唔係度……」

凌雲靠向前度：「你仲會為我喊得咁緊要既？你仲記得我最鍾意係咩花……你同我一樣都未完全放得低，係咪呀？嗚嗚……你唔好喊啦～我唔捨得你咁傷心……但係，我又有啲開心……」

凌雲疑惑地步向 Haters：「點解妳地會係度？妳地嚟做咩呀？你地唔係好唔鐘意我既咩？」

凌雲走到自己的墓碑前，坐下來，靜觀所有到來的人。

凌雲：原來我人生最重要既人錫我既人記得我既人，就係眼前……

突然有人大叫

11747B：「喂！Neighbor!」

他從後慢慢走向凌雲

凌雲好奇，有人和她一樣靈魂出竅了嗎？

凌雲走近：「我哋係……鄰居？」

11747B 帶點招積語氣：「係呀！Neighbor! 我係訓係你隔離既 11747B!」

凌雲不慌張，相反有點期待，是要上演靈魂相遇了嗎？

凌雲點頭：「11747B？你個名係一「抽」number 嚟？」

11747B:「人死後都唔需要名喇！」

凌雲握手示好：「你好，11747B！我叫凌雲，凌霄個凌，雲層既雲。英文名叫 Moon Ling，未唸到用邊「抽」number」

11747B 繼續一副招積仔狀態，並沒有握手：「你以為你睇得好清楚？你入佢地個心度睇完你就知你睇到唔清唔楚。」

凌雲：「我地仲可以入人既心？」

11747B：「係呀！妳可以飛入曾經相遇過既人既心！」

凌雲：「嘩！除左隱形仲識入人既心，勁過 Marvel 啲角色！」

11747B：「要唔要試下？」

第二章：Fly You To Their Heart

11747B 行近凌雲

11747B：「凌小姐，介唔介意望住我雙眼！」

凌雲忍不住笑起來：「咁又點呢？」

11747B：「似邊個？」

凌雲望住他雙眼，忍笑：「麵包超人？」

11747B：「多謝！但係可唔可以再望真啲睇下發覺到啲乜嘢？」

凌雲：「好大對眼袋！哈哈！對唔住我忍唔住要笑出嚟！」

11747B：「對唔住！呢排比較夜訓左啲～」

凌雲：「哈哈哈！識野喎！」

11747B：「哈哈！當然！呀荷里玉小姐！」

凌雲：「哈哈！又話入心，好無聊呀！」

11747B：「唔好笑住先！介唔介意再仔細啲睇下，睇吓裡面～」

凌雲：「仲嚟～」

11747B：「呀荷里玉小姐，你唔好笑住先～妳笑到隻眼

淨番一條線咁樣我實在冇辦法睇到妳雙眼。」

凌雲收起笑容，認真望住 11747B

凌雲：「OkOk～」

二人認真對望，瞬間時空轉移。他們飛到了凌雲前度男友的內心。

11747B：「成功！我哋入左心喇！」

凌雲難以置信眼前一切：「呢度就係杰仔個心？」

11747B：「係！你前度男朋友個心！」

他們眼前一片紅色朦朧景象，非常大的心跳聲音，他們行近心跳聲，見一顆心撲通撲通地跳動。

凌雲對著 11747B：「11747B，你可唔可以陪住我，我有啲驚。」

11747B：「當然可以，我會陪住妳，唔會走開。」

11747B 走向凌雲身旁

凌雲：「多謝！」

凌雲戰戰競競的再行近杰仔心臟

11747B 再走近凌雲牽着她的手：「唔駛驚，妳已經係 soul 嚟架喇，冇野要驚，去喇！」

凌雲：「係喎！你係咪成日入人哋啲心，入慣入熟架喇！

所以唔驚？」

11747B：「唔係，我第一次入！」

凌雲瞪大雙眼：「吓？」

11747B：「入心要一對靈魂先做到。」

凌雲：「多謝你第一次係幫我，帶左我入嚟呢度！」

11747B：「It's alright! 你去睇清楚要睇既野先…」

11747B 示意她繼續上去走向心臟
凌雲點頭，二人行前，凌雲向心發問
凌雲：「心呀心！你而家入面仲有冇我？」

杰仔心回答：「冇！」

凌雲失望：「一啲都冇？少少都冇？」

杰仔心：「冇！」

凌雲難以置信，流下眼淚：「咁我而家係你入面係咩？」

杰仔心：「咩都唔係。係萬分之一其中一個回憶。」

凌雲續問：「咁你而家……」

11747B 緊握了她的手，然後打斷了她的發問

11747B：「你仲有必要知道咩？」

凌雲哭了，然後又笑，去掩蓋她的傷心

凌雲：「我唔係呀～我唔係想喊～ 我哋已經分開左好耐架喇！我唔愛架喇！我都知佢唔再愛我好耐架喇！但係我啲眼淚就係唔知點解流落嚟⋯⋯」

11747B 望住凌雲，沒有太多安慰說話，給了她一個擁抱

11747B：「我係度，陪住你。」

心後有一個不真實的儲物櫃，一格格排得密密麻麻的。他們行近儲物櫃，凌雲見其中一格貼了一張她與杰仔第一次映的即映即有，這是個滿佈灰塵的一格櫃，她還搜尋出一張電影票尾

凌雲：「萬分之一既就只係呢一張戲飛尾。」

凌雲感慨然後苦笑：「呢套仲要係爛片嚟～」

凌雲望住 11747B：「我想離開呢度⋯⋯」

二人對望，瞬間轉移回到墓地前

二人鬆開了手，凌雲上前望杰仔多一眼：「我可以完完全全忘記你喇！放低以前所有一直放唔低既野！」

11747B：「都係好事嚟嘛！Right?」

凌雲笑笑：「係呀！我想入 Hater 內心。」

11747B：「妳要唔要抖下先冷靜下先呀？」

凌雲：「唔駛呀！我 Ok ！過嚟比我望住你雙眼喇呀歡

歡～」

11747B：「哈哈！識講笑，即係 Ok！」

11747B 行到凌雲眼前

11747B：「又嚟喇喎！凌小姐，介唔介意望住我雙眼！」

凌雲笑起來：「係咪每次入心都要講呢堆對白？哈哈～咁又點呢？」

11747B：「似邊個？」

凌雲認真望住他雙眼：「錢小豪？有冇人話過你似錢小豪哈哈，有啲似！」

11747B：「認真？」

凌雲：「麵包超人第一、錢小豪第二，哈哈～其實唔似，但比我感覺似似地！」

11747B：「冇喎！」

凌雲：「錢先生以前係我心目中好型架～最鐘意佢啲殭屍片型仔豪哈哈！」

11747B 招積：「你唔係間接讚我吖嘛～」

凌雲：「自己諗下，哈哈～」

11747B：「快啲認真望住先！」

二人對望，瞬間轉移到凌雲 Hater 的內心。同樣紅色朦

朧一片，強大的撲通撲通心跳聲。

11747B：「其實妳入嚟想知啲咩？」

凌雲若有所思：「⋯⋯我都唔知。」

凌雲行近 Hater 心臟

凌雲：「心呀心，你係咪好憎我？」

Hater 心：「唔係。」

凌雲：「咁點解之前要抹黑我、唱衰我？」

Hater 心：「有段時間妳有話題性，討論度。我地總要搵個人搵個目標比我地茶餘飯後去討論去笑下去埋堆。之前講妳我地就最開心，妳做嘅咩唔理啱定錯大定少關唔關我地事，我地都覺得唔啱睇唔啱聽唔順眼，就係要笑下妳！網上留個言講句野我地又唔需要負責任既！」

11747B 上前搭搭她的肩：「我估呢啲妳已經一早參透曬架喇！唔駛再問喇係咪？」

凌雲點頭：「係！」

凌雲對於這種被了解，感到自在和感動

凌雲：「咁我哋出番去喇～」

二人瞬間轉移又回到墓地前

凌雲：「11747B，多謝你！
以前我成日幻想如果第日搞喪禮，究竟邊個會係最傷

心？究竟邊個會出席，邊個會唔 care。喊得最傷心嗰個係咪就係最愛我嘅人呢？我啱啱呢一刻先發現一直愛我嘅人，唔係，係我愛嘅人其實並冇咁愛我；憎我嘅人其實唔係咁憎我！」

11747B 笑笑

凌雲：「感覺好奇怪，感覺好似你陪我一齊經歷左一啲難關咁～經歷左我大半生人嘅野咁！哈哈～係咪好誇張？但我識左你一個鐘都冇！」

11747B：「緣份嘅野就係咁 amazing ！」

凌雲：「你之前冇入過其他人嘅心？」

11747B：「冇喎。」

凌雲：「咁耐都冇？你唔好奇咩？」

11747B：「其實有啲野妳自己已經知道，冇需要再入去證實，Right ？冇需知道嘅野就更加多此一舉！」

凌雲點頭示意明白但她不太相信：「你自己一個入唔到咋嘛～你頭先話要兩個人先入到？」

11747B 被拆穿了，然後笑笑：「哈哈！係，一個人入唔到。」

凌雲：「你唔搵其他 Neighbor 一齊入，你啲靈魂朋友呢？」

11747B 輕輕呼口氣：「無論做人做靈魂都好～ 要去維持一段關係又好，友誼又好都唔係咁容易，好多因數。

好難有真正既靈魂朋友。」

凌雲：「呢度都好多 Neighbor？其實你訓係邊架？」

11747B：「我係隧道口嗰邊，我過嚟 20 分鐘左右，好近！」

凌雲：「哦！我以為你係我隔離添！」

11747B：「妳隔離～以前佢係個賣花既男人嚟，妳等陣可以去打個招呼啦！」

凌雲奸笑：「你唔搵佢入心？你一定想入嘅～唔好扮野～」

11747B：「唔係個個靈魂都可以一齊入心。」

凌雲：「哦！即係咁噃我同你都可以？」

11747B：「係！要啱 channel 先入到。」

凌雲：「咁你點知我哋入到？」

11747B：「唔知架！我都係試下架咋，哈哈！」

凌雲：「咁如果啱啱我哋唔啱 channel 入唔到呢？但你又實牙實齒招積咁話帶到我入心？」

11747B：「入唔到咪話技術故障，我都唔知喎！咁囉！然後閃，哈哈！」

凌雲：「嘩！好一個常歡！」

11747B：「哈哈哈哈！其實，我最想入自己個心！」

凌雲：「但係我哋都冇心～」

11747B：「That's the point! 我哋入唔到自己既心。」

凌雲：「點解？我意思係你好想睇乜野？」

11747B：「想睇……自己個心幾時死，點解死左！」

凌雲：「學你咁話～ 其實你自己知道～」

11747B 無語

凌雲：「我覺得，你唔係唔知，你係唔知邊個！」

11747B：「You're right!」

凌雲：「我仲想入嗰個人既心。」

凌雲指住喪禮上後排其中一男子

11747B：「邊個嚟？」

凌雲：「佢追緊我……」

11747B：「妳對佢都有意思？」

凌雲：「……有乜。」

11747B 反眼：「Babe 咁睇嚟做乜，唔好嘥我精神。」

11747B 沒有答應凌雲要求，然後轉身離開慢慢消失

11747B：「我聽日嚟接妳，我會以鐵拳無敵孫中山造型
出場～哈哈哈！」

凌雲：「喂～喂～哈哈！」

凌雲：真正既隨風而來，隨風而去～

第三章：Fly Me To The Moon

第一節：約會

凌雲閉上眼，打開 iHeart（這大慨就是用心靈感應的 iPhone)

iHeart：「你有一個新短訊！」

她收到 11747B 傳來的訊息。

11747B 訊息：「OTW！10 分鐘內到妳既墓嚟接妳。」

凌雲有點緊張，她很久沒有約會了，也沒想到變成靈魂後的第二天竟然要去約會。
她化了淡妝，一如既往的長直髮，換上了貼身吊帶背心保守型那種，外面穿上深色系薄冷衫，黑色短裙，一雙 85mm classic 款的 Jimmy Choo，低調簡單的氣派。從前 Michelle 常常告訴她「第一次約會記得著短裙黑絲襪高踭鞋，條腿望落會更修長啲有女人味啲！唔好著波鞋呀～」即使她一年也不會去穿一次，平常也不會去化妝，朋友對她的約會忠告戀愛秘笈等根本她都不願理會，心一直不願意打開。她搞不懂為何在沒有預期下有了莫名奇妙的期待。

她準備好了，站在自己粉紅色的墓碑前等待！昨天來告別的人們已回去了，眼前變成了冷清深沉的場面，她靜靜的等着，沒有任何聲音打破寧靜。當下，粉紅色和冰冷深沉的四周顯然有點格格不入。

iHeart 再次響起（凌雲已將 iHeart 發聲通知轉做音樂鈴

聲）

響起了《Fly me to the moon》鋼琴版鈴聲。11747B 傳來了新一則訊息。

11747B 訊息：「我到了，太空船泊了在轉角位，SS4261 號！」

凌雲提起小手袋和一袋送別曲奇，然後離開自己的墓，離開了墳場，走到空曠的城市街道，在遠處轉角她看見 SS4261 號。

凌雲走上前，眼前是一架童年時候每人都想擁有的一架卡通版經典太空船！銀色圓筒形細長主體，紅色稜角，巨大的火箭引擎，圓形的玻璃圓頂，簡單的經典設計配合光滑表面，未來感十足！

凌雲心裡不禁驚嘆：啊！從來沒有想過可以坐上如此經典的太空船，會一飛沖天去去遊星空河嗎？Woo 會不會太酷！

SS4261 號圓形艙門打開，凌雲看見了 11747B，他示意她上來。

11747B：「Hi！荷里玉！」
凌雲笑著看著他全身上下打量了一下，他穿上了衛衣長褲波鞋一身非常輕便的裝扮。
凌雲：「哈哈！說好的鐵拳無敵孫中山造型呢？」

兩人笑不攏嘴

凌雲：「估唔到劇情推進得咁快，你已經變成 Terminator 揸太空船出場哈哈！」

11747B：「哈哈！係呀！我 Gel 左頭先㗎！」

她看著他，他確實 gel 了個頭。

凌雲：「哈哈！下次記得再 Gel 高啲而家唔夠，要撐得起頂帽先得！」

沒有養份的對話內容，這就是他們初次約會的開心氛圍。

11747B：「好啦！歡迎嚟到我既 SS4261 號，要唔要參觀一下！」

凌雲驚嘆不已，太空船艙太美麗了！

艙內有一座鋼琴，旁邊掛滿不同款的結他和星球畫作。

11747B：「我地先由月球燈開始！」

船艙入口放著一部表面看來不像月球燈其實它是月球燈的月球燈，他帶領她去參觀，她彷如進入了他的世界，一個好像也屬於她的世界。

11747B 揭開月球燈：「會發光既！」

他們在閃著閃著會發光的太空艙裡！

11747B 帶領她在艙裡環繞一圈：「 然後呢邊有好多畫，佢地都係啲星球、宇宙呀、恆河呀⋯⋯仲有呢邊有星球燈、星球波、星球鐘，各樣那樣既星球！」

11747B 非常滿足的分享屬於他的星球太空艙。

凌雲被整個太空艙的牆身吸引著:「實在太靚啦,呢啲都係手繪卡通圖案塗雅?星星月球宇宙太空人!一幅好可愛,好真摯,充滿童真又好有幻想既圖畫!」

11747B 笑笑:「YES!」

凌雲看到一幅被白油覆蓋著原本圖案的畫作

凌雲:「呢幅……點解咁既?」

11747B:「我後生嗰陣唔乖架,之前女朋友好嬲既時候亂畫遮住原本呢幅畫,係前幾年架喇!我已經改左,同埋我覺得掛係度都幾有意思吖~ 唔係~我都應該係時候放番幅畫落嚟~」

凌雲完全感覺到亂畫這幅畫的人對他來說有多重要!

凌雲:「前幾年?前幾年都唔後生喇!哈哈」

11747B:「哈哈哈!」

11747B:「好啦!今日我哋係唔係一齊去食甜品?」

凌雲:「可唔可以先載我去放低親手整既「送別曲奇」比屋企人同朋友?」

11747B:「當然可以。」

凌雲從小袋子裡選了一塊原味口味的,遞給了 11747B。

凌雲:「我尋晚親手整,呢塊送給你,試下味。」

11747B 接過曲奇:「嘩!我可以而家試細細啖?可以

即場比意見你吖嘛！」

凌雲：「當然可以！」

11747B 咬了一口：「幾好喎！味道同口感有啲似合桃酥！唔錯唔錯！」

凌雲笑笑。她沒有其他回應，大慨就是知道他原來不太懂得美式軟曲奇！

11747B 帶她到玻璃圓頂：「好啦！我哋要出發喇！」

凌雲表現雀躍，兩人的歡笑聲覆蓋了整個上空，與寂靜冷清的地面形成了強烈對比。

SS4261 號在空中行駛著。

11747B：「食甜品前我哋可以先去食少少咸野嗎？」

凌雲笑笑：「當然可以！」

11747B：「你有冇食過林記燒賣？」

凌雲：「冇喎！」

11747B：「我地可以去吃，你食唔食燒賣？」

凌雲：「食架！呀～你食唔食班戟漢堡？Hero Saturday 好好食，有冇食過？」

11747B：「冇食過喎！我好鍾意食班戟架！我哋就去食呢個啦！」

SS4261 號到達了凌雲好朋友的家

凌雲：「Thank you 你送我嚟，我先去放低曲奇比佢哋再去食漢堡！」

11747B：「點解仲要係今日特別送曲奇比佢哋？」

凌雲：「我認為味道可以深深咁鑽入人既回憶裡面。味覺、氣味，冇形但係係長久既記憶點。人會記住一剎那既行為或者動作，被記住既往往其實都只係嗰一剎那。好多時，我哋掛住或者要去掛住一個人，其實只係一種感覺唔係一件事。」

凌雲拿起曲奇：「本身唔係特別既曲奇，佢哋會記得既唔係曲奇本身既味道，係我離開左之後，佢哋發現原來仲有未食既曲奇遺留係人間，佢變成懷念既味道，係我傳達愛既味道。」

11747B 笑笑：「咁我要再認真啲食多啖！」

凌雲哭笑不得！

放低「送別曲奇」後，他們到了 Hero Saturday

11747B 看著點餐牌：「有好多選擇喎！你揀邊款？」

凌雲：「芝士蛋班戟款呢個好味！」

11747B：「睇賣相唔錯喎！我就試呢個！」

他們走進廚房裡，站在已做好的漢堡旁邊，他們不用張開嘴巴，用嗅的方法。

凌雲：「其實做靈魂都幾好吖，食野唔駛比錢！哈哈！」

11747B：「都係架！但我哋要企係度食囉！有時都唔能夠即時食得到想食既。好多事都有好壞兩面，做靈魂都一樣。」

凌雲：「係每刻好既時候欣賞好既一面，感恩既心就夠！」

11747B：「同意！」

凌雲：「所以，好好，食嘢唔駛比錢，似乎都唔會變肥，太好！」

11747B 笑笑：「係既！哈哈！所以妳可以食好多甜品喇～」

凌雲：「嘩！太好喇！而家就要開始諗食咩啦～哈哈！」

11747B：「咁可愛！」

凌雲害羞起來，她隱藏了這種情緒

離開漢堡店，他們到了一間名叫「He's not home」的蛋糕店

她第一次來；她一直想來；她帶他來，她認為他會同樣喜歡這個地方

這是個充滿本地自由創作及人情味的地方，店內週圍掛滿店主的創作畫作，是抽象有故事性的人物畫像。店內還擺放了座鋼琴和結他，歡迎客人對唱或自彈自唱抒發感受。

11747B：「Woo 呢度啲佈置、格局同店主都好正喎！」

凌雲：「 係呀！好似可以啟發到好多靈感而又溫暖既家咁！感覺好正！」

他們選了和一對男女的同款蛋糕和飲品，他們坐在男女的旁邊邊吃邊聊

凌雲：「你鐘意彈琴多啲定彈結他多啲？」

11747B：「如果要揀，我鍾意琴多啲。」

凌雲：「我覺得識彈琴彈結他好叻！我係音樂白痴咩樂器都學唔識。」

11747B：「但你跳舞要音樂喎！你音樂感應該都唔差架？」

凌雲：「我啲舞表現技巧多啲同 feel 行先，我音樂感好差，所以好欣賞識音樂既人！」

11747B：「你啲舞好難度高喎～你細細個就學跳舞？」

凌雲：「唔係啦，10 年前，好大個先學。」

11747B：「咁你開頭一定花左好多時間去練！」

凌雲：「都係呀～ 你呢？你細細個就學琴學結他？」

11747B：「其實我細細個係學小提琴。」

凌雲：「 Woo ~」

11747B：「但我唔鍾意小提琴，細細個Daddy要我學。」

凌雲：「咁而家呢？」

11747B：「而家冇咁抗拒。」

凌雲：「哈哈！Feel到你真係好唔願意學～」

11747B：「哈哈！到讀書嗰陣就學結他，結他平啲，再大啲先學琴。」

凌雲：「咁你都係大個先學喎！」

11747B：「係呀，自己會夜晚苦練！我唸你都係會練到凌晨三四點嗰啲人。」

凌雲看著眼前這個人，這個人和她一樣會為自己喜歡的事情發神經？

凌雲：「係呀！」

店主遞上蛋糕，他們嗅完又交換嗅一下
11747B：「尋日見你有Haters，係咩一回事？」

凌雲：「啊～好長篇～情況大慨係：曾經我當佢地係朋友，然後大家發生左啲唔愉快既事，佢地毫無保留咁將我呈現係佢地面前既缺點放大公開同放上網上抹黑。我自己既聲譽受到好大影響，甚至成間公司冇左……不過最難受既係，我係真心當佢地係朋友，冇唸過結果會變成咁！咁當然我都有做得唔好既地方既……」

11747B：「唔會冇人冇Haters，同埋做得呢個位，有

時未必人人當妳真朋友～ 真正朋友就係會見到大家既缺點，有缺點好正常。」

凌雲聽到這個答案，有一種莫名的感動
凌雲：「我而家有野架喇！最差既情況過左架喇！自己心態都調整緊。」

11747B：「咁你而家係咪好難去信人？」

凌雲：「都係架！尤其工作範圍之內。以前所有學生同工作夥伴我都會將佢哋當係朋友，而家我係盡量保持距離……」

11747B：「驚再受傷……」

凌雲：「係掛～ 你好似好有共鳴咁既？」

11747B：「我都有類似經歷。」

凌雲望著11747B，竟然眼前這個人和自己有著相似的經歷，完全明白自己感受，產生另一種感動

11747B：「我地有相同既經歷～」

店主遞上一碗飲品，男女兩人只點了一碗。他們靠近一起嗅著同一碗飲品。這一刻在凌雲腦袋中是亂想了一陣子

11747B：「不如去睇塲戲？」

凌雲內心嚷着救命，她最喜歡隨心去看齣戲

凌雲：「好吖！而家睇戲唔駛比錢哈哈！」

他們隨意選了一部電影，他們飄到去百老滙電影中心5號院

11747B：「明明5點3開場，點解冇人入場？」

凌雲：「唔！你有冇睇錯時間？」

11747B：「冇呀！嗱！你睇！5點15分5號院，係今日10號」

二人再看清楚 iHeart

凌雲：「你睇下！呢個場次係鑽石山百老滙呀，唔係呢間百老滙電影中心呀～哈哈，我地去錯地方呀！」

11747B：「哎呀～我睇錯左～」

凌雲：「哈哈！唔緊要！唔一定要睇戲。」

11747B：「我地而家去第二間睇過好冇？ SS4261號光速好快架！」

凌雲：「哈哈！好吖」

他們最終看到電影，去了某戲院某場次看某齣戲。凌雲不太記得電影內容，因為不是特別好看，她只記得11747B 那間靠向她耳邊說了句俏俏話，她不清楚俏俏話是甚麼因為她被他嚇倒，只會連忙作出點頭反應即使不知道他說了甚麼；只記得電影好像就是漢堡包情節。他大概是說當天他們去過吃漢堡吧！

他們回到 SS4261 號

11747B：「你應該唔肚餓？」

凌雲：「唔肚餓呀。」

11747B：「咁送你番去。」

凌雲：「好吖！」

11747B：「我將架船駛得慢啲，行另一邊返去，我地可以傾耐啲！」

凌雲：「哦！好吖！」

11747B：「而家可以週圍飄週圍去，妳有冇唸過想去邊旅行？」

凌雲：「冇呀！」

凌雲有點害羞，頓時變成話題終結者。她覺得先要處理某些或者更重要的事情，或者去了解究竟靈魂應該要做些甚麼的事情。

11747B：「終於可以週圍去，冇特別想去邊度咩？」

凌雲：「冇呀」

話題終結者！

11747B：「冇一直想去既地方？」

凌雲：「一直想去冰島睇北極光浸溫泉探聖誕老人村、想去日本某個竹林深處、想去意大利某個村莊、想去瑞

士溜冰滑雪、想去愛爾蘭留一段時間生活去埋天涯海角、想去維也納想去威尼斯……哈哈」

11747B：「又話冇，哈哈哈！」

凌雲：「世界好大，其實好多地方都好想去。但就係因為世界咁大，好多野唔係要去亦去唔曬，感受擁有緊既野都好緊要。」

11747B：「我係呢度停一停先，比後面 d 船過先，我地可以再傾多陣～」

凌雲：「好吖！」

SS4261 號停泊在一旁
她非常緊張，好久沒有與任何人單獨相處像這樣傾談起來，她收藏好不讓他看見

11747B：「妳覺得我點？」

凌雲：「幾好吖～」

凌雲緊張，怕被他發覺，只好裝出不太在乎的樣子，也恨不得打自己一把掌為何回答這個「幾好吖」答案。

11747B：「即係你覺得我印象點呀？好多人覺得我個樣好招積，但其實我唔係。」

凌雲：「識落覺得你幾沉實，低調。係讚美嚟架～」

11747B：「沉實……低調，係我都幾低調。仲有冇呀？」

凌雲：「冇喇！」

11747B：「哈哈哈～」

凌雲：「哈哈哈～」

SS4261 重回軌道開始行駛

凌雲：「我覺得同你傾計好舒服，大家價值觀、諗法同經歷都好似好近。」

11747B 笑笑：「我都覺得！」

月光照亮著整個城市，從 SS4261 玻璃圓頂看出去異常美麗

11747B：「今晚月光好靚～」

凌雲：「係喎！」

11747B：「啱啱見到你 iHeart 個 wallpaper 係星空宇宙㗎！」

凌雲：「係呀～」

11747B：「我呢度全部都係！」

凌雲：「哈哈！我見到！所以我覺得呢度好靚好靚！」

11747B 笑笑：「妳識唔識揸船？」

凌雲：「點會識！哈哈！今日第一次坐咋！」

11747B：「我意思係，識唔識揸車？」

凌雲：「er…唔識呀，我好驚撞到人～哈哈～」

11747B 笑笑：「哈哈！太空船唔驚撞到人，要唔要試下！」

凌雲：「吓！好驚呀！我唔得架！」

11747B：「唔驚㗎！好易架咋！我教你。」

他們調換了位置

11747B：「妳係咪趕住要番去？」

凌雲：「唔係既。」

11747B：「我地去多個地方好冇？」

凌雲：「好吖！咁你要教我點行嗰！」

11747B：「梗係啦！我係度！噂！呢到我地兜番出去先！」

第三章：Fly Me To The Moon

第二節：Fly Me To The Moon

SS4261 號降落在寫著 221210 的天台上

凌雲：「做乜帶我嚟個……荒蕪既天台？」

11747B：「呢度可以一覽無遺睇到好靚既香港，亦都可以無遮無掩睇到好靚既夜空、星星，月亮。」

他們躺在天台的中央，兩人仰望看著星空，11747B 拍拍雙手，天台隨即響起《Fly me to the Moon》歌曲，好不浪漫。凌雲回頭望他，疑惑這是那裏來的人～他播了她很喜歡的歌！

凌雲：「我好鐘意呢首歌！」

11747B：「My favorite!」

凌雲：「《Lost Stars》我都好鍾意！」

11747B：「My favorite as always!」

11747B 拍拍雙手，隨即轉換了《Lost Stars》歌曲

凌雲笑笑：「《City of Stars》？」

11747B 笑笑：「YES! My favorite !!」

11747B 拍拍雙手，背景音樂隨即又換上《City of

Stars》

凌雲:「原本好浪漫～你拍得咁密成件事變左好搞笑，哈哈!」

11747B:「唔係喎!都好浪漫～浪唔浪漫係睇同邊個同埋咩時候。」

凌雲笑笑:「……仲有《A Star is born》我每次睇都喊，喊死我～」

11747B 拍拍雙手，歌曲轉了《Shallow》

凌雲:「好好聽!」

11747B:「所有音樂電影既歌都好正呀!《Shallow》《Lost stars》《City of Stars》全部都係我至愛!」

凌雲:「你有冇睇過《The things called love》?我好鐘意呢套戲!」

11747B:「呢套冇喎!」

凌雲有點失望:「噢!」

11747B:「好好睇架?」

凌雲:「其實唔係好好睇架咋!係我自己好鐘意，係講一班鐘意音樂既男女各自去到一間酒吧唱作搵機會。因為呢套戲我鍾意自彈自唱自己作曲……既人，裡面啲歌都唔係好特別，但我自己好鍾意。我細個有個夢想係有日可以開間通宵營業既班戟咖啡店，可以比啲創作人通宵嚟作曲填詞寫野，即係一排排一格格窗咁既呢～知唔

知邊啲哈哈！侍應係踩著 roller 去送餐哈哈～夜晚客人可以彈下結他 Jam 下歌，而家大個左就加多個位放絲帶啦！」

11747B 凝望著凌雲：「好正喎！」

凌雲：「同埋我好鍾意 River Phoenix。不過佢 1993 年已經離開左。」

11747B 緩和氣氛轉移話題：「嚟～識唔識唱歌？呢個 moment jam 歌好正！」

凌雲以笑遮醜：「吓！我唱歌好難聽。」

11747B 提起結他：「我彈，你唱吖！」

他彈了幾下 《Fly me to the moon》
她欣賞，然後繼續以笑遮醜：「嘩！好正呀！但我唱歌真係好難聽呀～唔得呀～」

11747B 莫名奇妙的笑笑：「咁可愛既咩？」

凌雲露出害羞神色：「我淨係識跳舞。」

11747B 笑笑：「我彈，你跳舞！」

凌雲開心然後恍然大笑：「嘩好好呀！但我淨係識跳空中舞，同埋跳 lap dance 哈哈！」

11747B 呆了一會，慢慢地放下結他，慢動作張開了腿，然後回過頭望她。

凌雲：「哈哈哈～」

11747B 站了起來：「嘻嘻！講吓笑！雖然都好想睇妳跳 lap dance 哈哈～ 嚟吖～」

他牽起她的手走到天台的另一旁

11747B：「有冇試過條絲帶由天空掛落嚟？」

凌雲興奮得跳起來：「嘩！～真正既空中絲帶舞呀～」

然後一條暗暗閃爍的金色絲帶從夜空中伸延到天台上

凌雲開心得擁抱了他一下：「嘩！好靚呀！」

11747B 笑笑：「咁我彈結他，妳跳舞喇！」

凌雲感動得哭出來：「我一直都好想有人咁樣陪我玩！」

11747B：「我會陪你玩呀！」

凌雲：「咁好既咩！」

11747B：「循例都要跳番 part 舞先既！哈哈！」

凌雲抹去感動流下來的淚

凌雲又哭又笑：「哈哈！但係我呢身裝扮，跳唔到，呢對絲襪太滑，條裙冇打底哈哈！」

11747B：「換衫先！」

凌雲瞪大了雙眼，雙手掩着胸前：「你仲可以幫我換衫？變走我啲衫？」

11747B 招積地笑笑：「哈哈哈哈～」

凌雲臉變紅了，害羞但又好奇雀躍地問：「死喇！我腦入面係美少女戰士變身嗰個畫面……」

凌雲雙手掩着面

11747B 忍不住笑了出來

11747B：「係呀！我可以幫妳換衫！」
凌雲繼續雙手掩著面

11747B 向凌雲伸出雙手：「我換架喇！」

凌雲煞停了他：「喂！喂！等陣先～ 你幫我換咩呀？係咪好似美少女戰士變身咁架……」

11747B：「哈哈！妳唔駛轉圈既！妳要著咩衫上 silks ？」

凌雲：「呢個環境可以著靚啲既……」

11747B：「如果著開叉長裙妳跳唔跳到？」

凌雲：「你以前有冇睇過一個 Charlize Theron 幫 Dior 拍既廣告。廣告裡面佢著住條金色 silks dress 上 silks，背景係巴黎凡爾賽宮鏡廳嗰個！」

11747B 舉起雙手，不到 5 秒，凌雲已被換上了一條淡黃色吊帶露背，貼身開叉款式長裙晚裝

凌雲自轉了幾個圈：「嘩～好靚好靚。我要自己轉圈

呀～」

11747B 笑笑：「好靚！！ okay！Beauty, Are you ready？」

11747B 重新提起結他，即興彈奏《Fly me to the moon》，凌雲伴舞，非常美麗的畫面。

第三章：Fly Me To The Moon

第三節：221210

凌雲：「好喇！舞就循例跳完喇！咁而家仲有咩做呢？」

11747B：「咁我地循例都要飲番杯！」

凌雲：「好呀！」

11747B：「飲唔飲紅酒？」

凌雲：「飲，但我只可以飲一杯～」

11747B：「怕醉？」

凌雲：「唔係怕醉係會醉哈哈！ 我飲一兩啖就會變馬騮 Pat Pat 同埋成身紅曬，好似係話係因為酒精係身體散唔到所以就會咁所以我唔適合飲太多酒。」

11747B 笑笑：「咁可愛既咩？咁我哋飲一杯。」

凌雲：「好吖！」

11747B 拍拍雙手，《Lost stars》隨即再次響起，輕輕的，在天台上，二人又再躺在中央，一邊嘗酒一邊欣賞夜空。

凌雲：「你自己揸住 SS4261 號週圍飛有幾耐喇？」

11747B：「都一段時間～」

凌雲：「點解你會係度既？」

11747B：「同妳一樣經歷左段好失意好黑暗既日子……」

凌雲感覺到他其實不想告訴她太多深入的事情……

11747B：「不過而家學識左，要相信 Believe！吸引力法則！你都要 Believe 呀！」

凌雲點了頭

凌雲：「呢段時間你都係自己一個？」

11747B：「係呀！我可以話比你知，我而家係自己一個既！你知唔知～每一樣野，其實都係一對對粒子形成！好似每個磚頭，我哋既腳趾公細胞裡面都有唔同既粒子，而係好遙遠既天馬座星雲都有同樣既粒子，佢哋係一 pair pair，佢哋係會同步！光子既活動係好神奇～其實光子都係能量啦！唔好扯到咁遠先～最簡單嚟講呢就係所有野都係陰陽裡外表裡正負咁樣囉！即係全部都相對既！所以～粒子係會糾纏囉！即係話永遠都係一正一負！如果係咁，靈魂都應該係一對對囉！所以，我係度搵緊我嘅靈魂伴侶，搵緊同我量子糾纏既！一直都未搵到，不過，應該係有一對既！」

凌雲：「未遇到，比三粒痣你既人……」

11747B：「哈哈～」

凌雲有點失落但她不希望他知道自己真實的情感。

凌雲：「你點定義靈魂伴侶？」

11747B：「冇定義！全感覺！」

凌雲內心有種說不出的失落。

凌雲：「喂！你咁鍾意音樂吖～你識唔識作曲？有冇諗過自己作自己唱，好有 feel ！」

11747B：「未作過。」

凌雲：「作首比我填吖！」

11747B：「好吖！妳要咩題材？」

凌雲：「咩都得，你作完我 feel 下睇下填啲咩哈哈！」
11747B：「Fly you to my heart ！我哋首歌可以叫 Fly you to my heart ！」

凌雲望向 11747B，內心獨白：嘩！駛唔駛咁冧呀～咁樣我會亂諗野架喎！呀 B ！

凌雲：「好好呀！你作完我填！」

二人靜靜的，凌雲突然隨意哼起不知甚麼的旋律。
凌雲哼着：「La La 多樂飛，飛呀飛，遇著摩洛哥……」

11747B 笑笑：「咩嚟？」

凌雲笑笑：「呀多樂飛係天空飛呀飛遇到呀摩洛哥。哈哈突然即興，兒歌嚟哈哈！」

11747B：「妳好攪笑。」

凌雲：「作首《火星饅頭襲地球》比我。」

11747B：「哈哈！又咩嘢？」

凌雲笑笑：「我突然唸到個題材，嚟自火星既女主角遇到同埋愛上左係地球既男主角，佢希望男主角係第 11 個唔花心既男人……咁樣，呢個係我諗到既歌名嚟！」

11747B：「妳都諗好多野。哈哈！」

凌雲：「細個好鍾意有首歌叫《幻影》！」

11747B：「YESSSS! 套戲仲好好睇！」

凌雲表現興奮：「你有睇呀？好淒美呀～張小俞好靚，佢都係係天台…… 套戲同首歌同音樂盒都好正呀～」

11747B：「如果呢一刻你想睇咩戲？」

凌雲：「《Romeo and Juliet 》？」

11747B：「Woo~ my favorite!!」

凌雲：「我覺得好睇過 Titanic ！」

11747B 示意擊掌：「Exactly ！」

11747B 雙手向天空一掃，一個天空大的電影螢幕出現在她眼前！

凌雲：「嘩！痴線！」

11747B：「痴線個位係邊？」

凌雲：「正到癲！成個天空咁大既螢幕呀！」

11747B 又招積地笑起來。

11747B：「呢套係超級正！」

二人躺着看天空播放的《Romeo and Juliet》，安靜的，沒有太多的對話，凌雲不知道 11747B 是不是非常專注的看著戲。而她，盡量專心，她已經不太記得電影細節，天空播放著沒有中文字幕的版本，這齣戲如詩的對白對她來說實在太難明了；至於羅密歐茱麗葉床上糾纏的場面，更加不能專心。凌雲感到有點尷尬，但她覺得他沒有這種情況。兩小時的電影裡，他們之間也沒有太多的交流，不過在她眼中這兩小時卻很浪漫。

11747B：「我哋一齊睇左次《Romeo and Juliet》！」

凌雲：「係呀！」

11747B 沒有關上螢幕，他上下左右右左下上再擦，但其實不知在找甚麼來看

凌雲內心想：佢係咪唔想我咁快走呢？

11747B：「咦！有冇睇過《Pretty Woman》？」

11747B 播放第二套電影。

凌雲：「梗係睇過啦！攞錯呀你冇睇過！」

11747B：「冇喎！」

11747B 用 X3 和跳播的速度去看完，凌雲在旁講解劇情。

11747B：「有趣喎！」

凌雲：「係呀好睇喫！」

11747B：「咦！你有冇睇過飄流教室？」

凌雲：「咦！冇喎！」

11747B：「要睇呀！好有意思！」

凌雲：「第日有機會陪我睇吖！」

11747B：「好吖！我會陪你 jam 歌，我地仲要一齊面對黑暗！仲要睇周星星啲戲先得呀！」

一段其實無聊又隨心的回答，卻令凌雲很感動。

凌雲：「好呀！」

11747B：「有冇睇過《大吉大利大多大》？」

凌雲：「無喎！我聽都未聽過喎！咩嚟？」

11747B：「無嘢啦！無聽過就算啦當我冇講過……」

凌雲：「Metflix 有冇？」

11747B 大笑了：「有你係咪睇？哈哈哈！」

凌雲打狀打他：「哦！咩嚟架！咸濕野嚟㗎？」

11747B：「哈哈哈～」

11747B：「好喇好喇！妳信唔信前世今生，輪廻轉生？」

凌雲：「我信既！都有興趣聽呢啲。」

11747B：「我之前做過前世催眠！」

凌雲：「係點架？」

11747B：「個畫面喺菲洲草原，我赤住腳抱住個小朋友。」

凌雲：「咁你係黑人嚟架？」

11747B：「冇留意。其實唔係好清楚。」

凌雲：「咁啱嘅！哈哈！我細細個喺菲洲住過，最鐘意赤住腳週圍走……」

11747B：「嘩！點解既？」

凌雲：「Daddy 係嗰邊做嘢，我跟住佢去左嗰邊生活。」

11747B：「好正喎！」

凌雲：「我信前生今生、緣份、輪廻轉世。但催眠有時我覺得可能係自己幻想既潛意式。」

11747B：「我哋證實唔到，只可以話都係自己既潛意式！」

凌雲：「⋯⋯好喇！我地舞又跳完，歌又唱完，計又傾完，戲又睇完，酒都飲完，你係咪送我番去呀？」

11747B：「你塊面真係紅卜卜喎！」

凌雲掩面：「哎呀～係一撻撻好似馬騮 Pat Pat 好肉酸，唔好望。」

11747B：「唔係吖！好可愛！妳有冇醉架？」

凌雲：「冇呀！我哋係咪坐 SS4261 番去？」

11747B：「係呀。」

凌雲表面欲想快快離開，事實她並不想一切這麼快結束。

凌雲：「咦～乜你咁架！」

11747B 被凌雲突如其來的質問嚇倒

11747B：「咩呀？」

凌雲：「你嘴唇爆曬拆喇，要唔要啲潤唇膏呀？」

11747B：「好～」

凌雲塗上椰子味潤唇膏然後上前吻了 11747B 一下。
11747B 呆了一下！

凌雲：「我得呢啲咋！有冇好啲吖？添啲呢～」

她欲再吻下去！

11747B：「er…唔駛喇……」

凌雲望著11747B，有點生氣：「唔駛～把就～去死喇你～正人渣～」

11747B：「做咩啫你～」

凌雲激動：「我最憎人個嘴爆拆架喇！」

11747B：「個嘴爆拆我都唔想架……」

凌雲：「咁你做乜唔搽多啲潤唇膏啫！」

11747B：「咁搽囉！」

凌雲：「去死喇！唔想搽就唔好勉強！」

11747B：「其實，我想搽架！」

凌雲：「嗱！我警告你吖吓，到我真係搽既時候你唔好Ge Ge Ga Ga！」

11747B 語氣堅定：「我都話想搽咯～」

凌雲再走上前望著他然後重新吻他，

她吻了下去。

11747B：「咪住！」

11747B 移開了凌雲：「…… 我以為妳玩下……我唔想

妳誤會，所以我要同妳講清楚，我暫時唔想要啲咩關係。
我冇 flirt 妳架！妳唔好誤會，我係真係想同妳一齊睇大
螢幕、一齊 Jam 歌、一齊飲酒傾計。因為妳好好，同埋
好可愛。我哋絕對可以係朋友！」

凌雲強忍淚水，然後笑笑。

凌雲：「哦～我知呀……」

凌雲還沒有把話說完，
突然，一股非常強大的力量扯走了凌雲。

第四章：：Lost Stars

第一節：消失

凌雲進入了另一時空，她到了比喪禮更早的時間點。

她來到醫院。她看見自己的軀體躺在病床上，靈魂站在親人朋友背後，這個場面似曾相識，就在喪禮上出現過。

凌雲好朋友 Heidi， Michelle ，Sean， 龍仔，杰仔，只是 Haters 沒有出現在這裡，而且還多了醫生和護士的場面。

醫生：「啱啱係類似廻光返照既狀態！其實好多病人既個案都會有類似種情況。」

Michelle ：「即係～救唔救得番佢？」

醫生：「要睇病人意志……我地可以做既都已經做左。」

護士：「你哋可以幫到凌小姐架。你哋係佢旁邊同佢講多啲可以刺激到佢既野，支持佢，係有幫助！」

醫生：「無錯，好多呢啲的奇蹟個案！」

凌雲還沒有反應過來，她不太理解到底現在是甚麼狀況，她要回到自己身體？她要怎樣回到自己身體？已經死亡？還是只是靈魂出竅一陣子？喪禮的時空又是甚麼一回事？現在是甚麼狀況？和 11747B 的相遇是夢境嗎？

當她仍然有太多不解之際，醫生和護士已離開病床，移步到隔離病床。凌雲跟隨著他們，欲想知多更自己的情況。來到隔離的病房，病人身體週圍插滿了喉，昏迷狀態。她看到躺在床上的 11747B。

凌雲的淚不由自主的流下，她不敢相信這就是個真相嗎？

她步向他望着他：「Hi~ Neighbor ～你好嘛～ 你聽唔聽到我講野呀？」

醫生為 11747B 做檢查：「病人仲係昏迷狀態，但係佢個心臟好似有 d 異常，你同我叫張醫生過嚟！」

護士走出了病房

凌雲：「你而家係邊呀？你係唔係度呀？你唔係話好想入自己個心睇咩？我係度呀！我地而家可以入去睇喇～」

病房裡，醫生細心檢查著，凌雲在傍邊哭著。

1217：「喂～喂～」
凌雲聽到其他靈魂，她沒有害怕，回頭望去走廊盡處

1217：「喂～妳唔好喊喇！妳見過佢既靈魂架噃？」

1217 指住躺在床上的 11747B

凌雲：「係呀！但而家唔知佢係邊……淨係見到佢個肉身。」

1217：「我哋做 souls 既係好飄忽，但亦都可以話係無處

不在！佢要返嚟就自然會出現！」

凌雲：「我想問你，你識唔識入心？ 11747B 佢好想入自己個心，我想幫佢入去睇下佢個心諗乜然後話番比佢知……」

1217:「我唔識。入心唔係個個都得，要指定一 pair 先可以入到，即係話係萬分一機會有 先遇到可以一齊入心呀！」

凌雲哭了

1217:「妳又唔駛喊得咁淒涼～ 萬分一其實都唔少！」

凌雲不懂反應，慨嘆這個是好還是不好的答案

0415:「我同 0121 可以幫妳，我哋可以入到人心！」

此時，另外兩個靈魂在角落中出現，
凌雲驚訝有另一對靈魂可以同 入人內心，她有點失望她和 11747B 並不是甚麼命中注定，也只是萬分一機率而已。

凌雲：「你哋係靈魂伴侶？」

0121:「我地係……發展中既靈魂伴侶。」

0415:「咩呀！我地識左 7 日架咋。觀察下先啦～又成日唔覆 iHeart ……」

0121:「但係我地好夾喎～你又鐘意我彈琴比妳聽……我哋仲可以一齊入人心添～」

他們的對話更令凌雲難過

凌雲：「咁係咪可以麻煩兩位，幫我入 11747B 個心度，然後話番比我知？」

0415:「可以呀！」

0121:「我哋可以！」

第四章：Lost Stars

第二節：印記

凌雲離開醫院，她來到了 11747B，發現 11747B 不是他的墓地，也許只是一系列關於他的數字，也許只是一連串不相關的數字。

她找不到 11747B。她不知道是否他媽的多重宇宙發生了，時空出錯了？11747B 就這樣消失了！

凌雲懷疑這靈魂是否真的存在過的這一瞬間，她看到 SS4261 號。

SS4261 號圓形艙門打開，凌雲進入艙內，月球燈依舊照亮着整個太空艙，依舊美麗，她知道他確實存在過，他是真實的。但此刻 11747B 不在太空艙裡。

她重新仔細環顧四週，想要了解一下這個靈魂，想感受一下他。她仔細看牆上的手繪宇宙圖案，發現全部都是一個人的圖案，彷如用了個 Q 版公仔去紀錄了他日常的航行，一個人升空、一個人到月球、一個人彈彈琴，一個人走著……凌雲大膽的繪了兩個人的圖案。她用了她有限的繪畫技巧畫了兩個太空人，一起上太空船、一起到月球、一起彈結他跳舞，兩個人躺著……亂畫他的牆他會生氣嗎？也許會的，但她想留下兩個人的印記，那怕他修修補補或是最後用其他塗雅蓋過，至少她盡力留下了。

她移開了被亂畫了的那幅白色畫，在它背後的塗雅牆畫了張聖誕咭，在咭內寫了封告白信，這是她第一次如此赤裸的告白：

「親愛的 11747B

是不是很奇怪，只是偶然相遇，我們只渡過了一個談笑風生的晚上。對你來說，我只是擦身而過的某靈魂，對我來說……你卻是一個很特別的靈魂！也許我們不會再相見了，那我不怕就害羞一陣子吧！你是不是都已經習慣接收這些告白信呢？（笑）

是不是很驚訝，只相識了一個晚上，這個女人卻四週尋找你……甚至連我自己都感到驚訝！太傻了吧？

從來沒有遇過這樣相同頻率的人（仍然習慣用人）。雖然就只有我單方面感覺得到，是價值觀、想法，都和自己很類近的人，而且還多了份感動和啟發。第一個喜歡是你回答了「每人都有缺點，真正朋友應該看見及包容對方缺點」，一剎那我感到完全被理解；第二個喜歡是你告訴我你會長征走路回家，多謝奇怪的喜歡！我不知道為何這是個喜歡的理由，哈哈！雖然你已經推開了我，對不起我還是不肯離去。還要繼續在太空船裡亂畫亂寫，他媽的發神經！就……容許我一陣子好嗎？好不容易找到個可以讓自己發神經……就容許我發多一陣子吧！我知道我的「全部都記得」會對等於你的「can't recall」，那麼就讓我任性的行為給我們、我自己留個回憶印記，然後我會安靜的離去。

iHeart 已經沒有你的回覆，你是否正在告訴我得不到回應就是一種你給我最好的回覆！

祝你快樂！一切安好！

凌雲上」

不知道哪裡來的勇氣，她一口氣寫好了這封告白聖誕咭，然後把被亂畫了的白色畫移回原位，覆蓋住告白。她不清楚告白的原因，她其實並不希望他看見，她只是想無形的告白，卻有形的寫了出來。

她看著被亂畫了的白色畫，她很想知道白色背後是甚麼呢？可是她看不到也得不到答案。她想了解 11747B，

可是他不是想被她了解。她很清楚,但仍然想沉迷多一陣子。

不論人或靈魂,面對愛的人總有霸道和佔有時刻。凌雲很想在 11747B 的空間彌漫着自己的感受,就像在山頭為驢仔打印記這樣子,然後整個山頭都屬於自己。她拿起畫筆,畫了個圓圓的藍月亮,然後又忍不住畫了第二個黃色月光。她把它們掛起來,象徵式的在這個宇宙山頭打了個有形的印記。

她捨不得離開太空船,他的地方。她想逗留多一會,坐他慣常坐的坐位,亂彈他的琴,逗留在屬於他的空間做著他會做的事情。

她想起了 221210,他會否在 221210 呢?
在離開太空船一刻,她看到只吃了一口的「送別曲奇」被丟在垃圾桶內。揪心的感覺是怎樣的呢?曲奇還沒有到達它的到期日,曲奇還沒有吃完已被丟棄了。她確定了他不是無故的消失,他只是消失於二人之間。她沒有刪除火柴人公仔也沒有刪掉告白,就讓它留下來吧!最後她把自己的潤唇膏也留下來,然後她離開了 SS4261號。

第四章：Lost Stars

第三節：Lost Stars

凌雲重新踏上 221210 天台，月色依舊美麗，照亮著整個城市。她預期這裡只有她一個，空無一靈魂。然而她看見兩個靈魂出現在眼前，在天台中央。

1217：「Hi～係醫院見過喇！」

0119：「Hi～我係 0119，佢係 1217」

兩個靈魂向凌雲首先打招呼自我介紹，凌雲帶點失望 11747B 不在這裡，卻慶幸遇上其他靈魂陪伴

凌雲：「Hi～我叫 Moon Ling，凌雲，凌霄既凌，雲層既雲。」

1217：「你咁叻！識得嚟呢個秘密地方睇最靚既星空同月色。」

凌雲：「之前另一個靈魂帶我嚟過，但今晚佢唔係度。」

0119 笑笑：「但今晚有我哋兩個！」

1217 示意凌雲來到中央位置，作伴觀星。

三人躺在中央，1217 輕拍雙手，天台隨即響起《Lost Stars》歌曲，凌雲回過頭望向 1217 和 0119

凌雲：「你哋都好鐘意呢首歌架？」

1217：「又邊個會唔鍾意，咁好聽！」

0119：「襯曬而家添！週圍都係星星，週圍都係迷失既星星！」

這句話對凌雲來說包括了很多意思⋯⋯

凌雲：「1217 你係醫院答我話你唔識入人心，咁你可以做到咩？」

1217：「有冇聽過天眼通？我可以穿越空間睇到好遠好遠既野。」

0119：「千里眼！」

1217：「天眼通咪一樣！」

0119：「天眼通要伸條脷出嚟～」

凌雲心情不好，但他們的對話很有趣，不禁笑起來：「哈哈！你哋好攪笑！」

凌雲好像突然被自己摑了一把掌，一句隨心讚美他們可愛，這不就同等於 11747B 讚美她如此可愛嗎？

凌雲：「你哋識左好耐架喇？」

0119：「幾日。」

凌雲驚訝：「你哋識左幾日？你哋好似好 fd，識左好耐咁！」

0119：「fd 唔 fd 唔係用時間嚟衡量。」

1217：「更加唔受空間限制！你睇我哋已經係靈魂喇！」

0119：「係睇遇唔遇到同自己頻率相同既一對！有冇聽過量子糾纏？」

凌雲想哭了，這是不是太掛念一個人所產生的吸引力法則？

她收藏好自己的情緒：「有！」

0119：「我哋全部原本就應該一 pair pair，只係有 d 靈魂可以搵到對方，有 d 搵極都仲未搵唔到！」

凌雲：「咁你哋係咪搵到對方？」

0119 和 1217 互相對望對笑：「應該係，已經搵到！」

1217：「妳唔好誤會，我哋唔係 BL，靈魂伴侶可以係任何形式，我哋係 friendship 既 soulmate！」

凌雲不知哪裡來的異常感動：「好好呀～咩型式都好，遇到靈魂伴侶係好幸運！」

0119：「係架！要係雙向，唔係單方面！靈魂伴侶既緣份真係唔係咁容易！」

1217：「正正唔容易得到，所以先至咁珍貴吖嘛！」

如果能量是顏色，凌雲這刻意識到自己全身由頭到腳已漸漸地變成黑色，暗黑色的！雖然他們每一句說話都好像刀子一下一下的刺痛她，但她感受到他們的出現對她

是有著重要的意義。

凌雲：「你哋係點定義靈魂伴侶？」

1217:「冇定義！全感覺。」

0119:「冇定義！全感覺。」

二人擊掌

凌雲忍不住的流下眼淚：「人地對我冇感覺⋯⋯嗚嗚⋯⋯」

凌雲擦著眼淚：「咁你哋既冇定義全感覺，對對方既感覺係點架？」

1217 見凌雲哭得可憐，如受了傷的小孩般擁抱著她：「唔緊要，喊出嚟！唔一定要有靈魂伴侶架～ 呢個可能係而家世人標籤出嚟需要既一樣野嚟。有好多人生存得好快樂，有好好既家庭好好既朋友好好既情人好好既生活，佢哋一樣冇真正既靈魂伴侶，So what? 佢哋都可以擁有真實既快樂。」

0119:「其實係咪妳睇得太多所謂既心靈雞湯害左妳？靈魂伴侶唔係必須品，但如果有，佢係宇宙比妳好好既禮物。」

1217:「或者咁講，雙向當然係最好。如果妳遇到個即使接收唔到妳既，都已經幸運過連遇上既機會都冇，係咪？」

凌雲非常感謝 1217 真誠的擁抱和他們的安慰。

凌雲：「1217，你係咪可以天眼通？可唔可以通到 11747B 而家係邊？」

1217:「我可以！」

0119:「但妳唔會想親眼見到！」

凌雲：「我會更加傷心係咪？」

1217:「其實有時妳唔需要入心，唔需要清清楚楚親眼去證實，好多野妳已經感覺到！」

0119:「每個靈魂睇完都後悔睇左！」

凌雲：「我知呀～佢去搵緊佢既一 pair 吖嘛！我知呀～佢講過比我知，我點會唔知……我淨係想睇下……」

1217:「好！妳應承我睇完妳要有所領悟！」

凌雲連忙感激：「多謝你多謝你……」

1217 為凌雲開了天眼通

1217:「等陣見到咩，妳都唔好緊張。唔駛緊張，我會陪住妳一齊睇。」

這句「陪住你」對凌雲來說是倍感傷感，但她由衷感激他們的幫助和陪伴。

凌雲看見遙遠的天馬座星雲，看到了 11747B。他彈著結他，她不太確定他唱著甚麼歌，大概就是《Fly me to the moon》的口型。他旁邊坐着……身材很好，樣貌看來也很好，他們說笑她露出甜美笑容的一個靈魂。凌雲

承諾了 0119，她要好好控制着自己的情緒，她默默地看着默默的流着淚還是繼續看下去，他們躺著在看天馬座星雲上的夜空，觀賞一個比 221210 更震撼的螢幕，不太清楚他們看的電影是甚麼，只見紅酒都已經喝光，他抱緊她竊竊細語……1217 終止了天眼通。

1217：「再睇就 3 級㗎喇！」

凌雲沒有說話，她無話可說。

0119：「我大概知道你哋睇到啲咩喇！」

1217 望住凌雲：「我大慨知道你哋嗰晚做過啲咩喇～」

凌雲急忙澄清：「冇呀冇呀，我哋冇最尾嗰 part！」

1217：「咁你想有定冇？」

0119：「哦～妳想有～」

1217：「至少妳而家知道佢係渣男，對個個可能都係咁！」

凌雲：「咁要聽日，後日都睇埋我先知……可能佢對呢個女仔係認真既呢～咁佢咪唔算渣男。同埋佢都冇對我做過啲咩……佢唔算渣男……」

0119：「妳識左佢，好似一日咋喎，你駛唔駛諗到佢咁好呀？」

1217：「渣男定義唔一定係有越軌行為先叫渣！」

凌雲：「佢唔係。佢有拒絕我。」

場面靜止了一會，1217 安慰

1217:「咁妳明白未？」

凌雲沉默

0119:「都話每次睇完都會後悔架啦！」

凌雲:「多謝你地！我冇後悔。」

1217:「多謝我地啲咩？你繼續講落去……」

1217 其實正在努力幫助凌雲尋找出口

凌雲:「佢都只係想搵到佢既粒子同佢糾纏啫。係咁架喇～我地大家都係度尋尋覓覓，搵緊心目中既 soulmate，即係你地所講既有 Feel。我 okay ～人地唔 okay 我～咁佢咪繼續搵囉！宇宙萬物每日分分秒秒都發生緊。呢個同嗰個相遇，嗰個又同呢個相遇…… 佢完全無錯，亦都唔渣。係我自己諗多左好多！」

1217 輕輕攬住凌雲:「妳有所領悟，係好事嚟！」

凌雲:「細細個其實已經經歷過曬，唔知點解大個左有時就係突然間忘記左以前所有教訓。」

1217:「人越大，理解越多，但恐懼都會越多！就好似……細個唔驚玩海盜船過山車，但唔知點解大個左會驚！邊日開始驚我哋都唔清楚！」

凌雲:「人越大越缺乏安全感掛？可能係對未來既擔憂，但又覺得唔夠時間……」

1217:「所有都係取決於自己既心理狀態!」

凌雲:「同你地傾計好舒服。原來唔係淨係同佢傾計好舒服⋯⋯」

0119:「凌雲,妳講既係啱嘅但又啱唔曬!我唔排除佢都係渣,佢係有心令妳諗多左!」

凌雲知道卻不為所意,她遙望著遠方星際,俯瞰著整個城市,然後輕輕哼着《Lost Stars》歌詞

凌　雲:「But are we all lost stars, Trying to light up the dark? Who are we? Just a speck of dust within the galaxy.」

1217 輕輕拍她的肩:「識得放大妳既胸襟,好叻女!」

凌雲笑笑:「其實咩係胸襟?」

1217 笑笑:「Forgive!放低執著。妳識得放低執著,好叻!」

0119 提起結他:「嚟!呢個 moment 正呀!」

0119 彈起《Lost Stars》前奏,示意凌雲繼續伴唱:「唱歌就係用嚟抒發情感架啦!喺天台妳唔駛諗識唔識唱要點唱,用咩技巧唱,用自己感情唱就得!」

這個晚上,天台上重覆響起 0119,1210 合奏和凌雲伴唱版本的《Lost Stars》

Please, don't see

Just a girl caught up in dreams and fantasies
Please, see me
Reaching out for someone I can't see
Take my hand, let's see where we wake up tomorrow
Best laid plans sometimes are just a one night stand
I'll be damned, Cupid's demanding back his arrow
So let's get drunk on our tears
And God
Tell us the reason youth is wasted on the young
It's hunting season and this lamb is on the run
We're searching for meaning
But are we all lost stars
Trying to light up the dark?
Who are we? Just a speck of dust within the galaxy
Woe is me
If we're not careful turns into reality
Don't you dare let our best memories bring you sorrow
Yesterday I saw a lion kiss a deer
Turn the page, maybe we'll find a brand new ending
Where we're dancing in our tears
And God
Tell us the reason youth is wasted on the young
It's hunting season and this lamb is on the run
We're searching for meaning
But are we all lost stars
Trying to light up the dark?
I thought I saw you out there crying
I thought I heard you call my name
I thought I heard you out there crying
We're just the same
And God
Tell us the reason youth is wasted on the young
It's hunting season and this lamb is on the run

We're searching for meaning
But are we all lost stars
Trying to light up the dark?
Are we all lost stars
Trying to light up the dark?

第四章：Lost Stars

第四節：失去一樣東西

凌雲：「0119，你好似仲未講你有咩異能！」

0119：「我有達成願望既能力。」

凌雲：「係咩意思呀？阿拉丁神燈呀？」

0119：「一個！一個願望！當然唔可以再多三個願望咁啦⋯⋯」

凌雲：「咩願望都得？」

0119：「係！咩願望都得！」

凌雲：「你可唔可以幫我？」

0019:「凌雲！妳唔係已經放大胸襟放低執著噂咩～」

凌雲扮作哀求：「燈神～我想要一個願望～」

0119：「But There is no free lunch!」

凌雲：「咩意思？」

1217：「等價交換⋯」

0119：「許願者需要犧牲一樣野嚟換取願望成真！」

凌雲：「要犧牲咩嚟交換？」

0119：「唔知架！因為每個犧牲既野都唔一樣！」

凌雲：「0119，你可唔可以幫幫我？」

1217：「唔好⋯⋯」

0119：「妳話我知妳既願望係咩先？」

凌雲：「我希望 11747B 真心真意返嚟搵番我，係真心真意咁鍾意我。」

1217：「逆～天～意～呀～」

0119：「值得咩？」

凌雲：「值得！」

0119：「你要犧牲自己一樣或者可能係好重要既野嚟換取呢份咁卑微嘅愛。」

凌雲：「我希望既係，佢真心真意返嚟搵我，唔係唔平等既愛。更加唔要卑微咁去愛。」

1217：「你哋只不過渡過左一個談笑風生既夜晚～」

凌雲：「一個夜晚可以有幾愛吖？一個夜晚可以值幾多愛吖？我知你哋只會講：我愛咪因為我得唔到！」

1217：「凌雲，儍婆！咁樣唔係愛⋯⋯」

凌雲：「或者⋯⋯ 咁樣唔係愛。我知⋯⋯但我更加知道

我想同呢個靈魂相處，係一齊既相處。」

凌雲：「就係想再相處一下…… 你地知唔知道？當終於遇到一個所有事，想法都同自己好接近嘅感受係點樣？」

1217：「就只有你自己單方面有呢種感受。佢都唔想同妳相處。」

凌雲：「當佢講既每段經歷，想法我都感覺到可以即刻接軌；當佢講說既每句說話都可以對我係一種啟發，靈感。」

凌雲：「你哋知唔知呢種感受有幾咁不可思議！」

凌雲：「你哋知唔知當佢講我知一個無聊鎖碎事，只係無聊事……佢會由尖沙咀區行去黃大仙區為既係慳錢而佢其實都鍾意自己一個行下行下咁…… 既時候；我冇話佢知，我都會為左慳錢由旺角區行返去青衣區，而我都鍾意自己行下行下咁。或者其他人唔會理解既～我覺得其他人唔會理解既奇怪行為，佢可以比理解多更多……」

1217：「慳錢又鍾意行下行下既人其實有好多。」

凌雲：「你哋知唔知？當佢拎起結他彈左我最鍾意既《Fly me to the moon》，跟著彈既每首都係我鍾意既歌，係大家都鐘意既歌！嗰一 那係幾咁難以忘記，幾咁攞命！」

1217：「你已經喺天眼通睇過啦！佢都唔吝嗇唱比每個有可能同佢糾纏既靈魂！你亦都親身體驗過，我同 0119 都會同妳唱《Lost Stars》，而我地大家都只不過係萍

水相逢既靈魂。我係想話妳知，鐘意呢首歌既靈魂可以
有千萬個！」

凌雲：「你哋知唔知？當佢問我：我地之間可唔可以玩
acting 扮做戲？天呀！當佢會同我玩唱歌跳舞、作曲填
詞⋯⋯ 你地知唔知？我一直同自己講我就係要搵個會問
我呢個問題既人！」

1217：「但佢最後都係有做到！所有野！所有你以為約
定既約定、你以為承諾既承諾。」

凌雲：「你知唔知道？萬一佢係個好人呢？」

1217：「重要咩？其實凌雲係 11747B 心中咩都唔係
呀！」

凌雲：「呢句說話好 hurt。」

1217：「或者，我哋今晚擦身飄過既相遇比佢更愛妳！
究竟傷害凌雲既係邊個。」

凌雲：「我唔係⋯⋯ 我唔係真係愛佢！
一個夜晚可以有幾愛吖？
一個夜晚可以值得幾多愛吖？」

凌雲：「佢塊面好圓，好似「麵包超人」咁，你哋知唔
知咩係「麵包超人」？係一個我從來都唔特別鐘意既卡
通人物。我唔鐘意圓臉既男人，我鐘意有個性既樣，有
啲鬚 man man 既男人；
佢講野啲聲線，有啲似「中年好聲音」咁，你哋知唔知
咩係「中年好聲音」？係非常字正腔圓但感覺有啲姆型
咁。我鐘意講嘢有磁性感性既男人；
佢行路嗰陣都有啲姆姆地，雖然佢身型一啲都唔婆姆；

佢操肌嘅，佢話佢自己冇肚腩嘅，我睇都應該係冇嘅，我仲未有機會去摸一下……但我睇到佢有「肥仔大脾」，咩係「肥仔大脾」？總之就係「肥仔大脾」；

佢既髮型更加唔知想點？我從來都唔鐘意呢種髮型，我鍾意流長頭髮既男人；

佢好有才華咩？佢都只不過係業餘彈下結他彈下琴用來「溝女」之嘛！

他運動好叻咩？我諗我做引體上升下數可能仲多過佢！好似，每次都係我同佢分享我知道既野比佢，

佢都冇分享更多既野比我……

所以呢，我唔係真係愛上佢，

唔可能一個夜晚愛上一個人啦吓話！」

凌雲：「我只係……只不過想同 11747B 喺多一陣間……」

凌雲：「不過，我都非常確定佢係唔鐘意我。所以，如果要我失去一樣野，但可以換嚟佢嘅陪伴，值得既！」

1217：「如果以後變醜，拎走妳幾十年時間變老左，先可以換嚟佢對你既真心真意，你都覺得值得？」

凌雲點頭，示意一切都值得。

她流下了淚，用手擦著淚，卻裝著一副滿足的神態：「就算變老左變得唔再靚喇～但如果願望係成真，咁即係我變成點佢仍然會同我一齊！係咪？0119！」

0119：「咁～即係妳就係想…… 一個根本唔想同你糾纏係一齊既靈魂，最終同你係一齊，係咪咁？」

凌雲終於完全失控的哭了出來，卑微的回答了0119：「係。」

0119看見她哭得梨花帶雨的模樣，也被她的告白感動了，生了份憐愛，他答應了凌雲的請求。

第五章:The Starry Night

第一節:The Starry Night

藍調充斥整個畫面,環境靜止,格外孤寂,整個 221210
彌漫著音樂《Vincent》

一幅巨大的畫紙放了在天台中央,約佔了天台 2/3 位置。
畫紙很殘舊,變黃了而且穿 了洞,是一幅被畫花了的舊
畫紙。原來圖被無情的白油亂畫一通完全遮蓋住。凌雲
想 要在白油上重新繪畫一點東西狠狠的掩蓋住白油,她
想畫一幅新的《星夜》 星空下,她若有所思久久未有下
筆。

她輕聲的對著畫紙說話:「Vincent ,我想用黑色既油去
表達我哋既星夜。」
她得到了回應然後繼續說 :「你覺得呢個主意好好?我
都覺得好好。我哋既想法一直
都係咁一致!」

她凝望東邊的遠處 :「Vincent,我呢度睇唔清楚普羅旺
絲嗰邊既夜空,你形容比我 知?」
「你想唔想知我眼前呢邊嘅村莊係點架!」
「村莊裡面好黑,好暗架!好彩仲有天上啲星星。」

她抬頭望著星空:「Vincent,你睇!今晚既夜空好靚!
星星特別閃!月亮特別藍!」

她深深呼了一口氣,陶醉在美麗星空,神態非常放鬆:
「真係好靚好靚!」

然後向天際亂指一通:「呢個?嗰個?係咪嗰個?嗰個係咪就係天馬座星?呢～嗰粒
呀!你睇下右邊～最最最右邊上面最遙遠嗰粒呀～係唔係?」

她回頭,聽著 Vincent 回應:「哦!呢粒係永恆星!原來唔係天馬座星!」

她沒有半點失望,向遙遠的永恆星揮手:「Hi 永恆星!」

然後繼續陶醉觀賞星空:「Vincent,睇嚟今晚我地又睇唔到天馬座星!」

1217 和 0119 離開後,凌雲並沒有跟隨他們離開這裡,她獨自逗留在 221210 這個空間。她不清楚是自己不願離開,或是這個曾經屬於二人的時空被她的思念凝固住,大
慨就是太思念一個人然後被困住。雖然兩者其實是一樣。
1217 和 0119 離開了已經好一段時間,凌雲獨自停留在 221210 這個空間。她本想留住 1217,那麼她可以每天去看一看他。但她沒有,他們沒有。他們離開,她選擇留下。她開始畫著一幅大家都不知道其實她想畫甚麼的畫;她開始寫詞,寫一首沒有曲譜的詞;她開始去摺《飛行號》,她不是真的想飛出去,她想去體驗信念是什麼一回事;她開始去吹汽球,然後每晚寫點東西放上去。她重覆的做著這堆好像不對不應該的事情。

星空下,她若有所思久久未有下筆:「Vincent,我想係村莊加兩個人得唔得?」

「我地邊度都冇去過,我想畫我地喺普羅旺絲既夜空下訓係度睇星星。」

「Vincent，你有冇聽過罐頭到期日呢個理論 ?(唔知由幾時開始，係每樣野上面都會 有一個日子⋯⋯我開始懷疑，係呢個世界上有冇野係唔會過期既呢 ?) 我知你嘅年代 已經有罐頭！係未有金城武。」

「Vincent ，你知唔知除左食物會過期，人會過期、愛人會過期、被愛會過期、感情 會過期，感覺會過期⋯⋯但係你既畫係永恆！畫係永恆、劇本係永恆、歌係永恆⋯⋯ 所以我要將兩個人訓係度望星星呢個變成藝術，藝術唔會被人遺忘。」

「但係你知唔知，有啲野就算未到到期日都會被丟左。」

藍調充斥整個畫面，格外孤寂，整個 221210 繼續彌漫著音樂《Vincent》，凌雲輕聲 地唱，若有所思久久未有下筆。

第五章: The Starry Night

第二節:記憶和忘記之間

凌雲遙望遠處:「天馬座星?」

她環顧四週:「散落四週?」

看著自己的腳趾:「腳趾粒子?」

凌雲躺在大畫紙上,天台中央,閉上眼睛唸起一首熟識的詩:「Unable to
perceive the shape of You,
I find You all around me.
Your presence fills my eyes with Your love,
It humbles my heart, For You are everywhere. 」

突然天台像刮起大風一樣,大畫紙四邊被吹起來,凌雲極力保護著畫紙,坐在中央 位置頭髮裙邊都完全被吹起來。星塵隨風飄來,她眼前出現了龍捲風的集體星塵,捲起一個看得見的靈魂。
11747B Gel 了個非常高的髮型,就是那個何里玉要求及最愛的造型,他隨著龍捲 風的慢慢升起來,站在凌雲前面。

11747B 笑笑:「I'm back!」 他下身是鐵拳無敵孫中山的反差造型。

11747B 笑笑:「驚唔驚喜,意唔意外,開唔開心?」

風止了，天台回復了寂靜。

凌雲望住眼前 11747B：「你出場咁勁既？我張畫紙差啲比你吹走喇！我叫凌雲，凌 霄既凌，雲層既雲。已經好耐冇 soul 嚟呢度。」

11747B 收起了笑容，呆了一下：「我係 Neighbor 11747B!」

凌雲沒有太在意眼前這個人為何突然的出現，她忙於收拾及整理畫紙。
11747B 望著大畫紙，這是他白色畫作巨大版吧！他一手把她抱入懷中，他就是想 擁抱一下她。

11747B：「可唔可以攬住你一陣間？」

凌雲：「可以！」 凌雲回了一個擁抱給他：「唔知點解我覺得……感覺好舒服。」 凌雲鬆開懷抱，誠懇的望住 11747B：「我可唔可以叫你做 Vincent?」

他大慨知道她暫時記不起他，他不知道原因，他沒有太多的追問，這一刻只想陪伴著她

11747B 笑笑：「可以！我就係 Vincent！」

凌雲回到畫紙上，天台中央，拿起畫筆，若有所思久久未能下筆。 凌雲：「Vincent! 我想係村莊加兩個人得唔得？」

11747B：「得！妳想點畫都得。」

凌雲笑笑：「我地邊度都冇去過，我想畫我地喺普羅旺絲既夜空下訓係度睇星 星。」

11747B：「係……我哋邊度都未去，妳想去邊？SS4261號光速好快，我地而家就去 普羅旺絲睇星星，好冇？」

凌雲有點詫異，走到 11747B 前探了他的頭：「Vincent 你冇事吖嘛！今日咁古怪！」

她滿足的笑：「唔係我同你去呀！我同佢去吖嘛！」 凌雲放下畫筆，又走回天台中央，躺下，若有所思。

11747B：「邊個佢？」

11747B 走到她身旁陪伴，躺下

凌雲：「佢囉！」

二人躺在 221210 中央

凌雲：「Vincent，你睇！今晚既夜空好靚！星星特別閃！月亮特別藍！」

11747B：「係呀！好靚！」

她深深呼了一口氣，陶醉在美麗星空，神態非常放鬆：「真係好靚好靚！」 然後向天際亂指一通：「呢個？嗰個？嗰個係咪就係天馬座星？呢~嗰粒呀！你睇 下右邊~最最最右邊上面最遙遠嗰粒呀~係唔係？」

11747B 望住她：「嗰粒唔係。」

她沒有失望：「原來嗰粒唔係！」

她繼續陶醉觀賞星空：「Vincent，睇嚟今晚我地又睇唔

到天馬座星！」
11747B:「我會陪妳睇到為止。」

凌雲:「Vincent，你有冇去過天馬座星呀？嗰度係點
架？」11747B:「我未去過。」

凌雲拍拍雙手，天台隨即響起了《Talking to the moon
》音樂

凌雲:「Vincent，你覺得兩個靈魂既愛會消失嘛？」

11747B:「會！所以我哋對愛唔駛咁執著，最後其實所有
野都會消失。」

凌雲:「Vincent，你有冇聽過罐頭到期日呢個理論？(唔
知由幾時開始，係每樣 野上面都會有一個日子……我開
始懷疑，係呢個世界上有冇野係唔會過期既 呢?)」

11747B:「感情同罐頭一樣都會過期！」

凌雲:「過左期嘅野係咪一定唔用得？未過期既野係咪
就一定唔會被丟低？」

11747B:「又好似唔係。」

凌雲:「咁係咪即係冇野係絕對？」

凌雲轉身望住 11747B:「Vincent，你有冇聽過(愛會過
期，但愛亦係唯一可以 穿越時空同空間既野㗎!)」

11747B 轉身望住凌雲

凌雲:「佢可以透過一幅畫、一首歌、一本書、一套戲，

所有藝術既表達去延續落 去；佢亦可以透過有形既氣味、味道，回憶去感受。愛好渺小，但又好大……」凌雲坐起來，提起結他：「Vincent，我唱首歌比你聽吖！」

11747B 坐起來：「好！我想聽！」

凌雲：「唱得唔好聽唔准笑我。」

凌雲：「I'm lying on the moon
My dear I'll be there soon
It's a quiet starry place
Time's we're swallowed up
In space we're here a million miles away There's things
I wish I knew
There's no thing I'd keep from you
It's a dark and shiny place
But with you my dear
I'm safe and we're a million miles away We're lying on the moon
It's a perfect night
Your soul follows me all day Making sure that I'm okay and
We're a million miles away」

11747B：「好好聽！歌詞好靚！妳彈得好好。」
凌雲放下結他，返回中央

11747B：「呢首係咪就係妳作嗰首詞？」

凌雲：「唔係。」

凌雲仰望星空：「佢未比曲譜我，我未作到。我知佢會作比我，有一日。」

凌雲望住 11747B:「Vincent，你有冇睇過《Her》呢套戲？係講個男主角鐘意左個 AI，AI 係個電話裡面得把聲，AI 係會同任何人傾計，但男主角就愛上左佢生活只有佢所有野都 同佢講，有一幕 AI 唱左呢首歌比男主角。每次聽呢首歌唔知點解都會想喊……呢首歌唔係 我作，係《Her》既主題曲。」

凌雲繼續仰望星空:「Vincent，你知唔知道，佢話會作首曲比我填，歌名叫《Fly you to my heart》。」

凌雲:「你知唔知道，佢話會陪我睇呢套戲，嗰套戲，但我哋都冇睇到。」

凌雲:「你知唔知道，佢話會一齊去畫畫，佢話想同我一齊去畫畫，但最後得我自己一個 畫。」

凌雲:「你知唔知道，佢話會陪我，我哋一齊去一間叫《呼吸星球》既餐廳。但冇去 到!」

凌雲:「你知唔知道，佢話會係日本既北海道帶啲野比我。但佢最後都係唔得記左。」

凌雲:「你知唔知道，佢話會串燒我鍾意既歌比我聽……但最後我都無機會聽到。」

凌雲:「Vincent，你知唔知道，我同佢交換過一個秘密！但原來佢唔記得講過個秘密比 我知，佢唔知道我知道呢個秘密…… 佢所有嘢都唔記得，唔係應承過嘅野，係所有分享過 嘅野都唔記得。」

凌雲:「你知唔知道，佢唔係唔記得，係根本冇去記。」

凌雲:「Vincent，你會唔會知道，個女仔係咪就係可以同佢糾纏既嗰個呀？佢而家係咪 同唔同靈魂糾纏緊呀?」

凌雲:「Vincent，你會唔會知道，佢搵到佢既糾纏未?」

凌雲:「Vincent，我話比你知吖!佢話佢自己係逃避依戀，需要好多關心。佢成日話想 有靈魂可以入到佢個心，我好想關心佢，了解多啲呢個人，但你知唔知道，我連入既資格 都冇。」

凌雲:「我話比你知吖!佢根本就係一個渣男!佢就好似係度不斷收兵咁!佢而家應該感覺好自豪。」

凌雲:「佢呢～從來冇問過我既野。其實我有好多無聊野想講比佢知。」

凌雲:「Vincent 呀～你知唔知道而家佢係邊呀?」

凌雲站起來，重新拿起畫筆，若有所思。

11747B:「我克服左，而家唔再咩逃避依戀。」

11747B:「我改變左，我而家唔同左喇。」

11747B:「我好鍾意妳畫比我既藍月亮同黃月亮，兩個我都好鍾意。」

11747B:「我好鍾意妳畫嗰對火柴公仔，佢哋一 pair pair 係太空牆上面。」

11747B 站起來，行近凌雲，放下她手上畫筆，望住她。有些說話他不敢直接說出來，這個 時候他選擇用 iHeart 傳送自己的說話。

凌雲 iHeart 終於再一次響起，一瞬間天台時空好像凝住

了，響起了《洋蔥》的音樂鈴聲：
「如果你願意一層一層一層的剝開我的心
你會發現，你會訝異
你是我最壓抑最深處的秘密
如果你願意一層一層一層的剝開我的心

你會鼻酸，你會流淚
只要你能聽到我的全心全意」
凌雲抬頭望住

11747B，然後她閉上眼查看訊息。

11747B 傳來了新一則訊息。

11747B 訊息：「妳會唔會跟我走？坐太空船 SS4261 號陪住我週圍去？」

凌雲遙望天際：「我等緊一個靈魂，走唔到。」

凌雲：「其實我唔知我等緊乜野，但係我走唔到。」

凌雲：「你知唔知道，佢為左想知道被人鐘意既感覺，結果會傷害左好多人」

凌雲：「你知唔知道，只不過係萍水相逢，但我就以為係靈魂伴侶。」

凌雲：「你知唔知道，只不過係 chill chat，但我就以為係 deep talk。」

凌雲：「你知唔知道，以為自己只係做緊唔想錯過既野，但對對方係一種打擾。」

凌雲：「你知唔知道，佛學有話：得唔到既回應其實就係一種最好既回應。放棄對對方嚟講相反係一種解脫……」

凌雲：「你知唔知道？佢記唔記得啲承諾，其實都唔重要，對我嚟講，都只不過係一個過程。」

凌雲：「Vincent，你知唔知道？開頭我真係覺同佢好有緣份，我終於遇到個價值觀咁似嘅靈魂，但後來我先發覺唔似既野應該係更多。除左嗰晚，其他日子我根本唔認識佢…… 我識左佢一日咋，我有乜理由會愛上佢，比個理由我吖，唔該！」

11747B：「愛需要理由既咩？」

凌雲：「乜唔駛既咩？」

11747B：「乜要既咩？」

凌雲：「哦！Vincent 我都係同你研究下既啫，唔駛咁認真。」

11747B 走到凌雲面前：「我記得妳講過，味道可以喚起記憶同埋傳達愛。」

凌雲望住 11747B，他貼近她，捉起她的手

11747B：「我搽左妳放低比我既椰子味。」
11747B 靠向她，輕吻了一下

11747B：「要唔要添啲？」

凌雲望住他，呆着沒有說話。當 11747B 再吻下去的時

候，突然一道強光照射在天台中 央，所有都靜止了。凌
雲看見強光後站著一個赤裸身軀，背部長了一雙非常大
翅膀的身影。

第六章:Fly You To My Heart

第一節:與天使對話

凌雲行近:「你係天使?」

天使心有不甘似的:「咁容易睇得出咩?我都未介紹我自己……」

凌雲:「電影教會我的事!金城武大約都係咁出場!不過佢有褲著。」

天使:「係,我係天使。」

凌雲:「我係凌雲,凌霄個凌,雲層個雲。」

天使:「我知!我一直係妳身邊陪住妳。」

凌雲:「你……點解咁好會陪住我既?」

天使:「因為我係天使嚟!天使唔想任何人,凌雲唔開心。」

凌雲:「咁我點先唔會唔開心?」
天使默默在旁陪伴

凌雲:「究竟愛一個人需唔需要理由?」

天使:「需要!」

凌雲:「乜唔係唔駛原因全感覺去決定係咪鐘意一個人

咩?」

天使:「應該係因為某啲原因某種發生先形成感覺。」

凌雲:「咁唔愛一個人需唔需要理由?」

天使:「需要!」

凌雲:「我有好多唔愛佢既理由,可以數得出唔應該愛佢既理由,佢亦有有好多缺點…… 但係我冇唔愛到佢既?」

天使:「妳唔愛佢既理由係咩?眼中佢既缺點係點?講嚟聽吓。」 凌雲:「我係第五章第二節同第四章第四節已經講左出嚟。」

天使:「咁愛上佢呢?」

凌雲:「我係第三章同第四章第四節都寫曬出嚟。」

天使:「即係係妳心目中,佢既好足以蓋過曬佢既唔好。」

凌雲:「一個人沉左船之後容忍度可以有幾盡~哈哈!呢啲係咪先最攞命即係叫做愛埋佢啲缺點?」

天使:「妳唔係話:識得得嗰一晚,有幾愛吖?可以值得幾多愛吖?既咩」 凌雲:「係。」

天使:「妳真係好認識呢個人?」

凌雲:「唔係,我錯覺以為我好認識呢個人。其實……我只係同佢相處左佢人生當中既一 晚,而呢啲只係假

象，佢人生既其他部份先係真實既佢，所以，我完全唔認識呢個人。」

天使：「咁妳錯覺左啲乜嘢？」

凌雲：「錯覺以為價值觀、想法、經歷好接近，所有嘢都可以馬上接軌；錯覺佢係一個好 真誠嘅人；錯覺佢係感情上係一個成熟、係一個……好人；以為佢係我諗既嗰種人。」

天使：「咁妳再諗下，點解妳會話愛上呢個其實唔認識既人？」

凌雲：「我發現我唔係真係愛佢，或者…… 我係想成為佢。佢識既野、鍾意既野，我欣賞 佢嘅野，都係我鍾意既野。」

天使：「咁佢講過既嘢呢？妳唔係覺得好被了解咩？好感動咩？」 凌雲：「係，佢同我講要一齊去 Believe 係好觸動到我。但嗰一日約會，嗰一晚其實發生 左啲咩？可以話咩都冇發生到，但亦可以話我哋兩個係共同時空交換左某種感覺，或者唔 係交換，係我得到既感覺。正正就係冇特別野發生過啲咩，呢種抽空感覺，令我產生左 無限幻想。」

天使：「所以呢？」

凌雲：「所有野都係我幻想出嚟，幻想佢美化左佢。」

天使：「如果妳同佢可以再相處下呢？」

凌雲：「佢冇諗過好好去了解一下我，同我再相處一下。」

天使：「唔好幫對方諗埋，淨係妳自己係點諗？」

凌雲：「我心裡面既（仲未）發生，其實係唔會發生。我竟然將一次又一次嘅失望 當做寄托，係度留戀同期望對方！或者……我唔係高舉佢既價值，係高舉緊自己對 癡情既價值。」

凌雲：「如果……真係可以再相處一下？其實，我會驚。就係咁矛盾，驚人地唔明 白自己，但又驚太赤裸告白既之後。如果真係可以再了解一下…… 我驚真正認識 佢之後，發現唔係想像中咁；驚佢見到我自己既唔好。」

天使：「妳覺得自己有咩唔好？」

凌雲：「你應該知架！我覺得自己唔夠好，對自己冇信心。我好似睇透好多野，唔需要擁有亦唔在乎失去……但正正因為咁，相反我好驚再失去任何野，所以我唔在乎擁有，唔想去擁有。我知道所有野都係無常。我會逃避去擁有。其實打唔開個心既係我。」

天使：「妳只需交待妳自己！唔係妳唔夠好，只係未遇到一個有緣既人。」

凌雲：「嗰啲好幾次既一秒感動，令我攪錯左以為佢係有緣人。嗰啲好幾次既巧 合，我以為係命中注定咁。所以我離唔開 221210 呢個空間……」

天使：「妳唔可以感動到一個唔愛妳既人，因為感動來自心裡面，而妳唔喺佢心入 面，放低執著妳就可以離開呢度。」

凌雲：「我知道，但係……」

天使:「冇嘢需要可惜。妳記唔記得妳自己對愛既定義係點?」

凌雲:「愛係相對既。會互相欣賞可以互相成長。會一齊面對唔好嘅野,思想成熟 但內心仍然可以係小朋友咁。對方唔會想我有一刻嘅唔開心。」

天使:「所以呢?」

凌雲:「當我自己一個再經歷多一次,所有都係虛幻;所有都係我自己一個人、一 個人發夢、一廂情願、一個人唔願醒。」

天使:「每個人出現都有佢既原因。」

凌雲:「係,佢令我係虛幻世界裡面寫左真實既野出嚟。成就左我一直想做嘅事, 我相信呢種靈感都係一種緣份嚟。」

天使:「咁妳心裡面有冇想同佢講既說話?」

凌雲:「我已經係虛幻世界裡面講曬~」

天使:「咁妳心裡面有冇啲野想對佢做?」

凌雲:「我想留番啲浪漫假像比自己…… 我想屬於我嘅故事浪漫啲。我想所有野 諗得美好啲,寫得美好啲。我選擇寫佢係好人既話……我會想幫佢除低佢既保護罩。」

天使:「咁妳心裡面仲有冇咩幻想想同佢一齊做嘅?」

凌雲望住天使:「……咸濕野嚟……唔可以講出嚟。」

天使笑笑:「嘻嘻!妳可以係虛幻世界裡面成全自己。」

凌雲害羞:「劇情交代唔到,跳唔到去嗰 part!」

天使笑笑:「科幻愛情故事嚟架嘛!科幻係可以唔跟劇情,多重宇宙咁!妳寫架嘛,大晒架啦!」

凌雲:「大晒架咩?」

天使:「嘩!妳寫架喎!仲唔大晒呀!」

凌雲:「你係咪天使嚟架…… 我怕醜…… 其實想同佢多啲經歷,週圍去體驗甚至 生活既細節。」

天使:「…… 凌雲,而家有冇覺得冇咁唔開心?」

凌雲:「多謝你!金城武,你問既問題令我反思咗我自己,好似令我釋懷左。」

天使:「咁好喇!凌雲,妳而家有 10 分鐘時間,番去 221210 同 11747B 講妳最 後既告白!然後就要跟我走喇!」

(A) 凌雲跟隨天使走 —> 結局 (A)-> 往 page 89
(B) 凌雲不跟隨天使走 —> 結局 (B)-> 往 page 95

結局 (A)

凌雲問天使：「點解係 10 分鐘同埋跟你走？」

天使：「10 分鐘之後妳就會醒番！醒番之後妳會忘記曬做靈魂呢個時候既所以 嘢。我既出現唔係帶妳走，我係妳心裡面既天使，我係嚟帶妳番去，要妳學識重新 去面對真實嘅自己。」

瞬間天使消失，天台回復夜空畫面。

第六章 :Fly You To My Heart

第二節 :《Fly You To My Heart》

最後 10 分鐘，凌雲衝回去擁抱 11747B，他接過來緊抱她。她一直沒有說話，他 們互相緊抱，在最後的時間裡。

凌雲：「你介唔介意望住我雙眼？」

11747B 歡喜：「妳冇唔記得我 ?!」

凌雲笑笑：「我全部都記得！
呢個係我地既開場白！
我唔敢去記得你，係因為我驚……」

凌雲：「之前我遇到個阿拉丁神燈，我有個機會許願，願望係你會愛上我！哈哈！但我最後冇咁做到……因為太多可以改變命運既戲話我知，到最後都係改變唔到命運既，結果都係一樣；之前我有個機會可以入你個心，但最後我冇入到。因為我知 道我入唔到你心裡面，你成日話想有人可以飛入去你心入面……其實你要誠實面對

自己，然後話比對方知你真實感受就得架喇！你一定會
搵到一個同你糾纏既一 pair，搵到你腳趾公既另一粒粒
子，佢入唔到你個心，但佢一定願意了解你，你 唔好收
埋將真正感受分享比佢就得架喇！」

11747B:「妳陪我返去 SS4261 號？我哋一齊週圍去？」

凌雲:「我驚架船會沉。」

11747B 疑惑:「妳唔同我一齊返去？」

凌雲搖搖頭:「我發現，原來我地係唔同路。開始嘅時
候我以為我地好近，但其實 好遠。」

她放開了他。 凌雲笑笑:「我根本冇可能去感動一個根
本唔愛自己，佢對我一啲感覺都冇既人。 我知道你番嚟
搵我甚至呢刻攬住我，其實都係冇任何意思。就只係呢
一刻，你既感 覺。」

11747B:「咁…… 我哋就咁再見？」

凌雲笑笑:「第日，會有個女仔寫本書，佢會將個名改
做《Fly you to my heart》！佢會偷左你個歌名…… 用
佢既角度去寫 fly you to her heart。應承我 吖，你會去
睇！」
凌雲續說:「雖然我知道，你對我既承諾得 7 秒記憶，
但都應承我吖！」 11747B:「我會！」

凌雲:「個故仔可能有啲長有啲悶，冇耐性嘅你比少少
面……睇吓佢。」

11747B:「我一定會！」

凌雲笑笑:「如果你 X3 咁睇,去睇第三章 1 既約會 2 既 Fly Me To The Moon 3 既 221210、第四章既 234、第五章既 2 吖⋯⋯ 當然我希望你會全部睇曬佢⋯⋯」

11747B:「我應承你我一定會!」

凌雲:「我希望 can't recall 嘅你睇第三章既時候仍然可以 recall 番少少,如果 唔係⋯⋯個故仔就變得好唔浪漫㗎喇!哈哈!」 凌雲笑笑,摸摸他的頭,她知道他對她的承諾都是為了滿足自己的道德心,行動上 卻永遠忘記:「咁你記得喇!(哥士的)先生。」

11747B:「我會⋯⋯ 我哋會唔會再見面?」凌雲戴上《飛行號》:「你話相信吖嘛!相信我哋都會順其自然遇到同我地糾纏既 一 pair。我哋可能遇到,可能遇唔到。」

11747B:「妳要去邊度?」

凌雲:「我番去重新做人。做人好痛苦好多唔開心,食嘢又要比錢⋯⋯但我希望我 可以去學識抱擁唔開心既嘢,因為所有發生都有佢嘅原因,得著比順境既時候會更 多。同埋去學珍惜已經擁有,令自己開心嘅野。」

凌雲笑笑,轉身走向天台的盡處:「多謝你既出現。」

回望天台:「再見喇!221210!」

她望了 11747B 最後一眼, 然後跟天使飛走了。

第三章:相信一切都是最好的安排

「何小姐,介唔介意望住我雙眼?」iPad 正播著電影《家

有囍事》，常歡何里玉相遇的情節。 凌雲坐在病床上，重看周星馳電影。突然拉簾被揭開，一名陌生男子走了進來：「哈哈！介唔介意望住我雙眼！」

凌雲被嚇了一跳，呆望著突然無故闖入來打擾她的一個陌生男子。 「我係隔離聽到忍唔住走過嚟……」

凌雲才驚覺打擾了別人：「呀～唔好意思，我係咪開得太大聲騷擾到 你，唔好意思……我戴返 headphone 唔好意思。」

「唔係唔係，哈哈！我都係 Stephen Chow 既 fans! 套戲睇過無數次！我係忍唔住過嚟要睇吓同睇吓邊個咁識貨。」

凌雲：「哈哈！我都係周星星 fans! 你好，我叫凌雲，你可以坐呢度一 齊睇呀！哈哈！」

凌雲示意他坐在旁邊椅子一起觀賞。

「我叫松生。哈哈！好呀！你唔介意既話我地可以一齊睇，自己一個係 隔離好悶。哈哈！你知唔知我成日同啲 friend 講第日搵女朋友一定要搵 個識睇周星馳嘅！哈哈！」

凌雲心想：咦！呢條友溝女王嚟架喎，呢句會唔會太喳太冇新意呀～

凌雲：「哈哈！我唸冇人唔係佢 fans 囉！」 松生坐到她的旁邊，他們一邊討論劇情一邊認識對方。

凌雲：「哦！你就係交通意外，成架車炒左嗰個。你ok嘛？係咪都好番 等出院喇？」

松生：「好 ok 呀！係呀我好似訓左好耐咁⋯⋯而家好番架喇，等出院。妳呢？」

凌雲：「我應該就係你對面避開嗰架車⋯⋯ 哈哈！我坐 Uber。但你架 車炒得嚴重啲！」

松生望住凌雲：「嘩！會唔會咁橋！咁妳都無事喇嘛？」
凌雲：「係度睇《家有囍事》都應該冇事架喇哈哈！」

二人相視而笑。

凌雲：「好彩冇撞到手腳，如果唔係以後冇得跳舞⋯⋯」

松生：「Woo～妳跳咩舞？」

凌雲：「空中絲帶舞⋯⋯ 好似太陽劇團水舞間嗰啲咁，唔知你知唔知邊 啲！」

松生：「我知，我成日經過有間粉紅色好高既 studio 係跳呢啲！」 凌雲：「粉紅色？我間 studio 嚟！」
二人再度相視而笑。

松生：「太神奇！我成日經過妳間 studio！我住附近，原來我哋係真正 既鄰居！」

凌雲有點詫異：「wow～係幾神奇~」

凌雲望住松生：「um...... 我諗，或者我哋以前係邊度見過？」 凌雲也想像不到，比他更差的開場白會由自己說出來。

松生笑笑:「係咩?會係邊度?」 凌雲:「幾年前,你有冇去過倫敦?」
松生:「我都經常去倫敦嗰邊!」

凌雲:「um⋯⋯ 或者係 2016 年既倫敦⋯⋯哈哈!又或者我記錯。咁耐 都唔會記得。」

這個時候,護士來到:「松生,你執好野未呀?你家人到左係出面喇,
你可以出院喇!唔好係醫院溝女呀!」

松生笑笑,望住凌雲:「我出院先,等妳出院嗰陣我地約出嚟再傾,好
冇?」
《Fly Me To The Moon》音樂鈴聲響起～凌雲伸伸脷:「呀!又唔記得較靜音添～」 她一邊接電話一邊與松生道別:「好吖!拜拜!遲啲見。」

結局 (B)

凌雲問天使:「點解係 10 分鐘同埋跟你走?」

天使:「跟番個劇情吖嘛!11747B 交通意外做手術、併發症心衰竭,急需要換心 臟。你同 0119 許左個願係希望 11747B 好番換自己個心比佢。真正將妳既心放入 佢度……而妳既代價係冇左愛人既能力。」

瞬間天使消失,天台回復夜空畫面。

第六章 :Fly You To My Heart

第二節 :《Fly You To My Heart》

最後 10 分鐘,凌雲衝回去擁抱 11747B,他接過來緊抱她。她一直沒有說話,他 們互相緊抱,在最後的時間裡。

凌雲:「你介唔介意望住我雙眼?」

11747B 歡喜:「妳冇唔記得我?!」

凌雲笑笑:「我全部都記得!
呢個係我地既開場白!我曾經有個機會可以入你個心,但最後我冇入到。因為我知道我入唔到你心裡面, 你想入你個心既人都唔係我。你咪成日話想有人可以飛入去你心入面……其實你誠 實面對自己,呈現真實既自己就得架喇!然後話比對方知。你醒返之後…… 你一 定會遇到一個,你可以放佢係你心裡面既有緣人,佢唔識飛入心,但佢一定願意了 解你,你將心交出嚟對方一定會感受到!你比真心對方,對方都會交番比你。」

11747B:「我地一齊返去？」

凌雲：「地球好危險！」

11747B 疑惑：「妳唔同我一齊返去？」 凌雲搖搖頭：「我發現，原來我地係唔同路。開始嘅時候我以為我地好近，但其實 好遠。」

她放開了他。 凌雲笑笑：「我根本冇可能去感動一個根本唔愛自己，佢對我冇感覺既人。我知道 你番嚟搵我甚至呢刻攬住我，其實都係冇任何意思。就只係呢一刻，你既感覺。」

11747B:「咁…… 我哋就咁再見？」

凌雲笑笑：「第日，會有個女仔寫個本書，佢會將個名改做《Fly you to my heart》！佢會偷左你個歌名……用佢既角度去寫 fly you to her heart。應承我 吖，你會去睇！」
凌雲續說：「雖然我知道，你對我既承諾得 7 秒記憶，但都應承我吖！」

11747B:「我會！」 凌雲：「個故仔可能有啲長，冇耐性嘅你比少少面……睇吓佢。」 11747B:「我一定會！」

凌雲笑笑：「如果你 X3 咁睇，去睇第三章 1，2，3 第四章既 2，3，4 、第五章 既 2 吖…… 當然我希望你會成本睇曬佢……」 11747B:「我應承你我一定會！」

凌雲：「我希望 can'trecall 嘅你睇第三章既時候仍然可以 recall 番少少，如果 唔係……個故仔就變得好唔浪漫架喇！哈哈！」

凌雲笑笑，摸摸他的頭，她知道他對她的承諾都是為了滿足自己的道德心，行動上 卻永遠忘記：「咁你記得喇！(哥士的) 先生。」

11747B:「我會…… 我哋會唔會再見面？」

凌雲:「你話相信吖嘛！相信我哋都會順其自然遇到同我地糾纏既一 pair。我哋 可能遇到，可能遇唔到。」

11747B:「妳要去邊度？」

凌雲:「做靈魂食野唔駛比錢，又唔會肥！又可以週圍去，我要去冰島瑞士威尼斯 維也納愛爾蘭聖雷米，永恆星天馬座星…… 你就當我有勇氣番去。」 凌雲把手輕輕放在他胸前：「我冇問過你，我幫你延續左生命，好自私咁將自己個 心放左入你心裡面。」
然後，凌雲轉身走向天台的盡處：「多謝你既出現。」

回望天台：「再見喇!221210!」

她望了 11747B 最後一眼， 然後轉身跳下去， 她沒有跟天使飛上去。 化成星塵。

「 有人話，當你太愛一個人既時候，你會不自覺地延續他的習慣，去成為他。」 她要去天馬座星尋找一個不會讓她不快樂的靈魂，雖然她不知道究竟是否有天馬座 星的存在。反正她就是要離開 221210，一個不屬於她的地方。去她的天涯海角。

書 名	Fly You To My Heart
作 者	Natalie Choi
出 版	超媒體出版有限公司
地 址	荃灣柴灣角街 34-36 號萬達來工業中心 21 樓 2 室
出版計劃查詢	(852)3596 4296
電 郵	info@easy-publish.org
網 址	http://www.easy-publish.org
香 港 總 經 銷	聯合新零售 (香港) 有限公司
出 版 日 期	2024 年 1 月
圖 書 分 類	流行讀物
國 際 書 號	978-988-8839-35-3
定 價	HK$45